ちくま文庫

死んでたまるか

団鬼六自伝エッセイ

団鬼六

筑摩書房

目次

第一部　少年〜青壮年期

第二部　中年〜老年期

死んでたまるか——団鬼六自伝エッセイ

第一部　少年〜青壮年期

第1話　ジャパニーズ・チェス　　十三歳——昭和二十年

昭和二十年の四月、関西学院の中学二年生であった私達は、兵庫県・尼崎《あまがさき》の軍需工場へ勤労動員として狩り出された。

国民勤労動員令についで義勇兵役法が公布された年で学業は停止、中学生も女学生も挺身隊として軍需工場へ出動命令が下ったのである。

小学生は強制的に近隣農村地帯へ疎開させられた。

アメリカ爆撃機、B29による空襲のため、空襲警報のサイレンを聞かない日はほとんどなかった。食糧難はますます深刻になって家庭での食事は朝夕、玄米粥であった。娯楽的なものは皆無、ラジオはニュースだけ、新聞の連載小説まで廃止になった。

私達中学生は夢も希望もない土色の青春だとぼやきあっていた。いや、一日中、腹をすかせていて土色の青春どころの騒ぎではない。飢え来《きた》りなば死遠からじ、と中学生達は、うめき合っていたようである。

軍需工場へ勤労動員に狩り出されると麦飯にタクアンだけだが、とにかく昼弁当が支給されるので嬉しかった。しかし、軍需工場は敵機にたえず狙い撃ちされるので一日中、生命の危険に晒《さら》されているようなものである。

その尼崎の軍需工場では私達中学生は防空壕掘りばかりやらされた。だから、この工場では飛行機を作っているのか、戦車を作っているのか、中学生達はさっぱりわからない。工員達が避難するための防空壕ばかり明けても暮れても掘り続けているのである。

毎日、そうした穴ばかり掘らされていると学校の教室が恋しくてならなかった。私達が通っていた関西学院中等部はアメリカ人によって創立されたミッションスクールであって、専任講師のほとんどはアメリカ人であった。当然、英語に重点をおくわけだが戦争中なんだからそんな特性はもう微塵《みじん》も感じられなくなっていた。外人講師はすでに全員本国に引揚げてしまって関西学院の西洋風の角砂糖みたいな白亜の校舎も空襲をさけるために黒塗りにされ、美しい芝生の校庭は軍事教練の軍靴《ぐんか》で踏みにじられ、幻滅の悲哀といったものを中学生であった私達も感じとっていたのだ。

英語は敵国語というういい方をされて中学校の授業から排除されつつあった。教科書は支給されたものの学校で英語の授業を受けたのは最初の一年だけであり、あとは勤労動員令で軍需工場に私達は狩り出されてしまったのである。

そして、来る日も来る日も穴掘り作業になってしまうと、学校にいた頃は勉強嫌いだった中学生でも無性に勉強がしてみたくなるものだ。

その内、私達中学生はその穴掘り作業中に英語の教師としてはもっともぴったしの人間を見つけた。

それは私達、中学生グループとは別部隊で工場南側の倉庫裏に防空壕を作っていた連合国軍の捕虜であった。

彼等は若いアメリカ兵で私達が工場へ出勤する時刻にはもう全員、半裸になって穴掘り作業にとりかかっていた。彼等は捕虜のくせに何を思っているのかすこぶる陽気で、私達が傍を通過すると笑って手を振ったり、おどけて見せたりした。

若い捕虜は強制労働をさせられているのに気味が悪い程、皮膚が白く、生毛《うぶげ》が金色に輝いていた。監視兵が二人、銃を斜めに構えて彼等の作業を見張っているのだが、彼等は監視兵の存在をまるで無視しているみたいに、自分達の流儀で結構、楽しそうに仕事をしていた。

そんな陽気な捕虜達と私達中学生のグループは、昼食後の休憩時間を通して親しくなっていったのである。その最初のきっかけは将棋であった。

昼食後、私達は倉庫裏の空地で安物の折り畳み盤を広げて将棋を指した。駒は安手の番太郎駒であった。その盤と駒はクラスで一番、将棋の強い村田という生徒が持ちこみ、倉庫内の材木の下に隠していた。

将棋はもっぱら村田と私だけが指し、他の仲間はそれを囲んで観戦だけしていた。何とか将棋が指せるのは村田と私ぐらいのもので、他の連中は駒の動かし方ぐらいしか知らなかったようだ。

その将棋の観戦者達の中に休憩時間の捕虜達がぞろぞろ加わり出したのである。彼等は物珍しそうに盤をのぞきこんだ。そして、対戦している私達に気を遣ったのか、シーンと静かになって駒の動き方をしゃがみこみながら凝視している。

どの捕虜も栄養失調で揃って痩せこけ、土と埃にまみれた顔だが、眼だけは異様なぐら

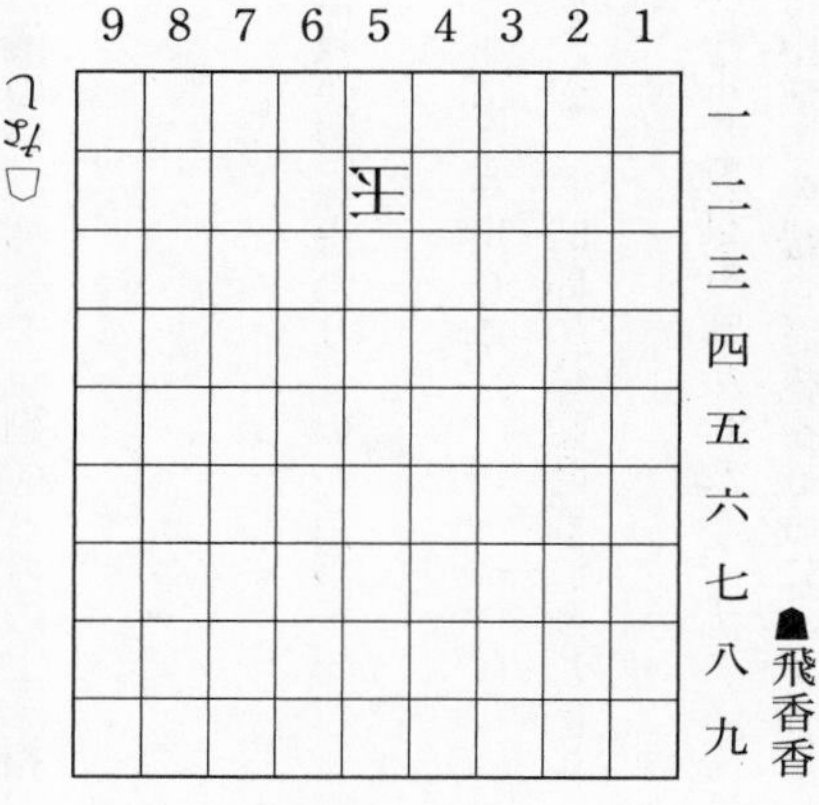

いギラギラ光っていた。村田はふと顔を上げて行儀のいい彼等を見廻すと盤の上を指さし、

「ジャパニーズ・チェス」

と得意そうにいった。

すると、ずっとおとなしく観戦していた彼等は我が意を得たりといった調子で、

「イヤー、ジャパニーズ・チェス」

と楽しそうに口走り、いっせいにガヤガヤ賑《にぎ》やかになり出した。

米軍捕虜と作業中に口をきく事は禁止されていたが、一時間の休憩時間に断片的に言葉をかわす事ぐらいは監視兵も大目に見てくれていた。

村田はクラスの中では一番成績のいい生徒で私より将棋も強かったが、チェスも少々、嚙《かじ》っていたらしい。昼の休憩時間のたびに中学生の縁台将棋を観戦にくる捕虜達に、片言の英語を使って駒の動かし方を説明していた。桂馬はチェスのナイトの動きに似て、飛車はチェスのルークの動きに似たるものなり、といった意味の事を村田は熟語辞典を片手にしながら捕虜達に教えていた。

或る日、村田は中学生グループや米軍捕虜達に取囲まれながら盤の上に不思議な詰将棋を並べて解いてみろといった。これはチェスの感覚で詰める詰将棋だからアメリ

カの捕虜でも出来ないではないと村田はいうのである。

5二の位置に敵玉が一つ、攻め方は飛車と香車二本だけでこれを仕とめるという珍妙な詰将棋であった。

こんなもの飛車と香車二本だけでは詰む筈ないと思うのだが、受け方に持駒ナシというのがミソである。

普通受け方は残り駒全部とあるのが詰将棋である筈なのに、持駒何もなしという珍妙な詰将棋を眼にしたのは私としては後にも先にも村田の出題したこの一局だけである。これはいわゆる古典詰将棋に属するものなのか、それとも村田の創作によるものなのか、わからなかったが、将棋覚えたての中学二年生で超初心者に近い私の棋力ではかなり難問であった。とにかく、真っ先に私は手を出してみたが、まず、☗1二飛と飛車を打ちこみ、☖6三玉と上がられて、そこで☗1三飛成。王手は何回でもかかるのだが、結局は詰まない。

次から次に中学生達は挑んだけれどやたらに飛車で玉をぐるぐる追い廻すだけでみんなギブアップしてしまった。

すると、ブラウンという頬ヒゲを生やした長身の捕虜がしばらく中学生の指し手を見ていたが、急に、「アイ・ウイル・ウインッ」と大声を出し、盤上の駒に手を出して来た。

この捕虜はチェスが強いという事はわかっていたが、それにしても将棋の駒の動かし方がわかったばかりで、私達がギブアップした詰将棋が解ける筈はないと思った。ところがブラウンはこの珍妙な詰将棋を一回でものの見事に詰ませてしまったのである。

私達は呆然とした。

詰手がわかってしまえば何だ、バカバカしいと思うのだけれど、正解は☗５八飛☖６三玉（４三玉でも同じ事）☗６九香☖７四玉☗７八飛☖８五玉☗８九香☖９六玉☗９八飛までである。私達中学生が解けなかった日本将棋の詰手順をアメリカの捕虜に解かれてしまって何とも恰好のつかない気分だったが、チェスの感覚があるのだからこれ位の易しい詰将棋を解くのは簡単だったのかも知れない。

そんな事がきっかけとなって私達中学生と米軍捕虜はすっかり仲よしになった。私達は昼食の休憩時間には倉庫の裏手の材木置場の陰で将棋を指したり、英語の教科書を持ち出して彼等に発音を教わったりした。倉庫裏の材木置場は中学生と米軍捕虜達の一種のサロンといった感じの場所になった。捕虜同士だけで将棋を指すとこっちの教えた駒の機能はすぐに忘れて桂馬がチェスのナイトみたいにうしろに飛んだりした。

香車が行って戻って来たりしている。まあ、それも指しているのがアメリカ兵ならば一局の将棋だろうと思ってこっちはニヤニヤしながら観戦していた。

私達にしても捕虜達にしてもその昼の休憩のわずかな時間だけがこの世の極楽といった感じであった。時間がくれば監視兵の笛を合図に捕虜は捕虜なりに中学生は中学生なりにそれぞれの分担場所へ戻り、強制労働に従事することになるのである。

米軍捕虜と私達、勤労動員部隊との待遇は当然の事だけれどかなり差がついていた。私達は工場の二階にある食堂で昼食をとるのだが、捕虜達は倉庫の前の地面に坐りこんで昼食をとっていた。私達は麦飯にタクアン、薄いミソ汁、それにコッペパンが一個ついた。そのコッペパン一個は食べてもいいし、おみやげに家に持って帰ってもいい事になっている。半分だけ嚙って残りを持って帰る中学生が多かった。

捕虜の方は大鍋の中の何だか得体の知れないシチューみたいなものをアルミの容器に配給され、それだけを地面に坐りこんですすっていた。シチューの中身は捕虜に聞くとオットセイの肉だったそうである。容器に半分ぐらいのそのシチューだけではとても足りず、彼等は腹をすかせていた。日ましに彼等が瘦せていくのが眼に見えた。

それでも彼等は陽気で、倉庫の前から見える二階の食堂に向かって、ハリーアップ、といっせいに声をかけてくる。私達に向かって早くこっちへ来てジャパニーズ・チェスをやろうじゃないか、と、誘いかけているのだ。

私達のポケットに忍ばせたコッペパンの半分はこれらの捕虜へのおみやげになった。英語の発音を教えてくれる彼等に対しての謝礼だと思えば惜しくなかった。それより、半分のパンを受け取った捕虜達の何ともいえぬ嬉しそうな表情を見るのが私達も嬉しかったのかも知れない。

昭和二十年の六月のおわり、尼崎の軍需工場で働いていた私達中学生は仕事を山林の開墾作業に切りかえられた。ますます空襲が峻烈化して尼崎の工場地帯が狙い撃ちされる危険を帯びてくると、勤労動員の中学生だけは比較的安全な山の作業場に移した方がよろしかろうという事になったらしい。尼崎市から工場で働く中学生に緊急避難命令が出たようであった。

糞面白くもない工場内の穴掘り作業から解放されて山の開墾作業に向かうのは嬉しかったが、せっかく仲よしになった米軍捕虜と別れるのが何とも辛く感じられた。

いよいよ明日から山の作業場へ移動という事になった日、私達は監視員の眼をかすめて捕虜達の作業場へ侵入し、彼等に袋一杯に入った豆粕《まめかす》を与えて別れを告げた。その豆粕は私達の仲間の一人が親父の倉庫から盗み出したものである。村田は折り畳み式の将棋盤と駒とをのっぽのブラウンへ寄贈した。日頃は捨鉢めいた陽気さを発揮していた彼等だが、この日は淋しさのためか、眼に涙まで浮かべているものがいた。そして、サンキュー、サンキュー、とこれまでの友情を感謝してか私達の手を痛い位に強くつかんで握手するのである。

山の開墾作業に従事する事になって十日ばかりたった頃、私達がそれまで働いていた尼崎の軍需工場が空襲によって全滅したというニュースが伝わって来た。

私達は愕然《がくぜん》とした。のっぽのブラウン、ヒゲのジョンソン、鼻の赤いガーネックなど、米軍捕虜達も全員爆死したのかと私達は一瞬、身のすくむ思いになった。

軍事教練のためにその翌日、山へ登って来た軍事教官の中尉に尼崎工場の捕虜達はどうなったかとたずねると、

「貴様達、工場で爆死した日本人よりアメリカ兵の方が気になるのか」

と、彼はカンカンになって怒り出した。

この軍事教官は私達が工場の中で米軍捕虜と親しくなっていくのを見ると憤激《ふんげき》した。敵とみだりに口をきくな、といって捕虜と中学生との交流を厳禁し、だから、私達はこの教官が工場へ現れた時は捕虜の作業場の方には近づかなかった。米軍捕虜はやっぱりあの大空襲によって全員爆死した事がはっきりわかると私達は虚脱の状態に陥った。

それから二カ月ばかり過ぎて私達は山の開墾作業場で終戦を迎えた。終戦を告げる天皇陛下のラジオ放送を聞かされてから山の中で私達は解散した。何だかさっぱり考えのまとまらない日で私は村田と一緒にそのまま尼崎の工場へ出かけてみた。

そこは未だに硝煙の吹き上がっている感じの廃墟と化していた。レンガも鉄筋コンクリートもバラバラに飛び散り、捕虜と私達中学生達のサロンであった倉庫のあたりもみじめな残骸を露呈していた。

「あいつら、ツイてないな。もう二カ月ばかり生きられたら無罪放免ちゅう事になったのに」

と、村田はこの工場で爆死した捕虜達の事を口にした。

味方の飛行機の爆撃で殺されるなんてほんまにあいつら、ツイてない、と村田は無理に笑おうとしたが、ふと彼は口をとざした。廃墟になった瓦礫《がれき》の上に小さな白い蝶がヒラヒラと舞っていた。

村田はそのまま膝をくずしていくとシクシク泣き出した。私は廃墟の上を飛ぶ蝶を見て村田が感傷的になったのだと思った。私は村田の肩に手をかけようとしたが、彼のすぐ前にレンガの破片にまみれたあの折り畳み将棋盤があるのに気づいた。村田はそれを指で私に示して、「ジャパニーズ・チェス」と声を慄《ふる》わせていった。

彼等は爆死する寸前までこのジャパニーズ・チェスで仲間同士、束の間の娯楽を必死に味わっていたのではないか、そう思うと急に私も胸を緊《し》めつけられて来た。

村田は膝をつくようにしてすすり上げながら土の中の盤を両手で引き上げ、埃をしきりに掌でこすり落とした。村田の手で磨かれた薄い将棋盤はあたりの殺伐な光景とは不似合いな平和さで綺麗な木の肌を見せていた。

第2話　ショパンの調べ

二十三歳——昭和三十年

関西学院大学は英語教育が主眼になっている事で有名だが、私は英語ではたえず落第点ばかりとっていた。

東京の日劇ミュージックホールで舞台監督の助手みたいな事をやっていて、私は一年に数える程しか大学へ顔を出さなかったから、今でも卒業出来た事を不思議に思っている位だ。

学期末試験終了後、しばらくたって日劇ミュージックホールで働いている私の所へ、「英語講読」再試験の通知が来た。

再試験というのは卒業期が来ているのに落第点をとった学生に恩情によってもう一回試験を受けさせてやろうという制度である。この試験を受けなければ、また、受けても合格しなければ落第決定となるわけだ。

私は一年、舞台でアルバイトしたため落第しているのでもうそれ以上、留年するという事は精神的にも、経済的にも出来なかった。

急遽《きゆうきよ》、大阪に戻り、久しぶりに大学に出て再試験を受けたのだが、試験場には再試験組が十数人もいた。ほとんど就職だけは決定した連中で、この再試験に不合格を喰らうと落第が決定し、せっかく決まった就職もパーになるわけである。だから、皆《み》んな必死であった。

英文講読の担当は大村教授で、この人は厳格というより峻烈だという事で学生に恐れられていた。ちょっとしたミスでも容赦なく減点する人なのである。

試験は英文和訳なのだが、不勉強でのぞんだ私にとっては何とも難解で相当に苦しめられた。

ある作曲家が年上の女流作家と恋に落ち、地中海のマジョルカ島で愛の生活を営む内、作曲家はスランプを克服して名作を生み出すといった筋立ての英文であって、試験問題にしては妙に色っぽい内容のものだった。二人の心情が、うまく解読出来なかったけれど、それでも一応、まとめ上げて試験係官に提出し、私はほっとした気分で試験場から外へ出た。

これで試験地獄から永久に逃れられたと思うと爽快な気分になり、教室から出て来た再試験組何人かと一緒に校内の喫茶店に入った。

その中の一人がコーヒーを飲みながらこんな風に仲間に語りかけたので私はギョッとした。

「大村教授も自分の音楽趣味を学生に押しつけるってのはよくねえな。いくらショパンが好きだからって、ショパンの駈落ち物語を試験の題材にする事はねえじゃねえか」

私がギョッとしたのは今、試験に出た作曲家の名前がショパンであったという事で、私はショパンのつづりをチョピンと読み、それで最後まで押し通してしまったからである。

Chopin——ああ、あれはショパンの事か。

「俺、ショパンとは知らずチョピンと書いた」

私が茫然としてつぶやくと、仲間達も一瞬、ギョッとした表情になって私の顔をみた。

「チョピン?」

笑う者はいなかった。皆んなは私に同情の眼を差し向けているのである。何しろ大村教授はわずかなミスでも見逃さず、大幅に減点する人で鬼の大村と学生にかげ口をたたかれている。

主人公の名前をそんな風に書き間違ったのだから、もうこれはどうしようもないと私は全身から急に力が抜け落ちていくのを感じた。

「大村教授はショパンに心酔している人だからな。それをチョピンと書かれちゃー」ただじゃすまないだろうな、と、いう奴もいて私を一層、慄え上がらせた。もう少し、冷静になっていたなら、いくら私が非常識だといっても、その作曲家がショパンである事ぐらいわかった筈である。チョピンという有名作曲家がいたか、いないか、なんで疑ってみなかったか――よほど、私はこれが最後の試験だと思ってあがっていたのだろう。

それから数日たつと私の家に大村教授からの葉書が来たのでびっくりした。その葉書には川柳らしきものが一句、書かれているだけである。

〝チョピンとは俺の事かとショパン泣き〟

私はうろたえたが、こうして大村先生が私にからかいとも、皮肉ともつかぬ川柳を送って下さる所を見るとひょっとして救われるかも知れないと思った。とにかく大村先生の所へお伺いして頭を下げて頼みこむより手はない。あの日の再試験組のメンバーも私に同情してしきりにそれをすすめた。

当時の卒業試験で失敗した学生は担当教授へ「お願い参上」して泣きつき、何とか落第を免れるという事がよくあった。しかし、相手によりけりで鬼の大村教授を籠落《ろうらく》させる事は至難の業であるといわれている。

あの日の再試験組の一人にAという学生がいて、彼は大村教授とは個人的に親しいようであり、大村教授を籠落させるための貴重なヒントを私に与えてくれた。大村教授の趣味はクラシック音楽と将棋だというのである。大村先生が将棋を指すという事に私は全く気づいていなかった。彼の趣味に将棋があるという事を知った私は、これは難関突破の糸口になるかも知れぬと希望がわいて来た。

日曜日の午後、私は阪急沿線宝塚南口駅にある大村教授の家に出向いた。大村先生の家は武庫川《むこがわ》が見渡せる土手の近くにあった。青いペンキが塗られた西洋館風の小ぢんまりした家である。

呼鈴を押すと玄関のドアが開き、ドテラを着た大村先生が直接、現れた。

「ああ、来たか、チョピン」

大村先生は睥睨《へいげい》するような眼差《まなざ》しを私に向けて、ま、入れ、と顎をしゃくるようにしていった。

武庫川の土手が窓越しに見える明るい応接間に通された。窓にかかったカーテンも水色だし、床に敷かれたカーペットも水色、ソファにも水色の座布団が乗っていた。部屋の中は清新な空気が漲《みなぎ》っている感じだったが、そこの中央に突っ立っている大村先生のドテラ姿がどうも部屋の明るい空気にそぐわない感じだった。

「いっとくが、試験の採点に手加減を加えろといっても、俺は駄目だぞ。そういう相談に来たのなら、すぐに帰れ」

ソファに坐るやすぐに先生の口からそんなきびしい言葉が飛び出した。先生の浅黒くて造作の大きい顔は私に威圧感を与えた。その鋭くて深い眼は俺はだまされんぞ、といった風に私を睨《にら》みつけているのだが、このこわさの中に何としても隙を見つけねばならぬと私は自分を落ち着かせるために大きく息を吸った。

私は一応、大村先生に対し、陳情を試みた。東京で就職が決定したのに再試験が不合格となると、その就職も取り消される事になるという事、そして、家庭の事情で今、自分はどうしても働かねばならぬ状態にあるという事など、相手の同情をひくためにわざと自分をやつれさせてみたりした。内心、ショパンをチョピンと呼び間違った位で自分の人生を狂わされてたまるかといった気持だった。

大村先生は腕組みし、顔をしかめて眼を閉じ、私のいい分を黙って聞いているだけだったが、やがて、

「就職がきまったと君はいうが、君は東京のストリップ劇場で働くそうじゃないか」と、急にむつかしい顔をこっちへ見せていった。

私はうろたえて、日劇ミュージックホールというのは浅草のロック座やフランス座でやっているような軽薄なものではなく、いわばヌードを芸術化するための殿堂であるという説明をしたけれど、大村先生は、そういうのを屁理屈というのだ、と吐き出すようにいうのである。

ストリップに芸術があるか、といったり、ショパンをチョピンに作りかえる君に芸術を語る資格はない、といったり、大村先生は相当に口が悪いのだ。

「ところで先生は将棋がお好きと聞きましたが――」

私はたまりかねて最後の切札を出してみたが、「将棋？　それがどうした」と、先生はニヤリとするどころか、逆に不快になった表情を私に見せていった。もうこうなると、とりつく島がなかった。

私はもうだめだと諦めてそれからほんの一言、二言、先生に語りかけただけで、腰を上げた。

「どうも、お邪魔致しました」といって帰りかける私のうしろに向かって大村先生は、

「おい、チョピン」

と声をかけて来た。

「そこに将棋盤があるから、持って来い。家内が帰って来るまでの間、一局、教えてやる」

私は、しめた、と思って大村先生が指で示した将棋盤を部屋の隅から中央に運んだ。

「初段以上でなければ俺は指さんぞ。ヘボは嫌いだ」

と、大村先生は将棋盤の前にドテラ姿をどっかりと坐らせてから横柄な口調でいった。

ま、初段ぐらいはあると思います、と私がいうと、よかろう、といった大村先生は並べた自分の駒から角を抜きとって駒箱の中へしまいこんだ。俺は四段だから角を引く、というのである。

大村先生の奥さんは今、親類の家に用があって出かけているらしい。家内が帰って来るまでの間だから早く指せ、と、先生はいうのだ。奥さんは将棋を指す先生を見るのが嫌なのかと私は思った。

大村先生は再婚されて今の奥さんは先生と二十歳近くも年齢が離れているという事を私はAから聞かされていた。大村先生は大変な愛妻家で、Aにいわせると猫可愛がりしているという事だが、そんな光景を私に見られたくないから先生は家内の帰ってくるまでといった風に持ち時間を作ったのかも知れない。つまり、私は奥さんのお帰りと同時にこの家から追放される事になるのだろう。

それにしても、大村先生と私の将棋は角落ちの手合ではなかった。私の方が角を落とすべきではなかったかと何度も感じた。

一体、この先生が四段というのは何を基準としたものか、さっぱりわからなかった。あとでわかった事だが、関西学院の大学将棋部が愛棋家である大村先生に名誉四段を贈ったそうである。大学の将棋部から贈られた名誉四段なんて通用するのか、わけがわからないが大村先生はそれを立派に通用させているわけだ。

そして、大村先生は大学では気品に満ちた人格者で通っているのだが、将棋を指す態度はお世辞にも人格者であるとはいえなかった。

「なんだ、その手は。やっぱり君はヘボだねえ。将棋、わかっとるのかね。将棋と麻雀だけは下手糞が入るとどうもやりにくい」

などと憎ったらしい事をいった次には〽チョ、チョ、チョピン、チョピンの庭は、ツンツン月夜だ――などと狸ばやしの唄を替唄にして歌ったり行儀の悪い事、おびただしい。私をヘボ呼ばわりしながら私に負かされてばかりいるのだから世話はないが、それでも先生は角落ちの上手を降りようとはしない。

最初、負けた時は君の力を試すためにわざと負けてやった、といい、次に負けた時は、ヘボとやると実力が発揮出来ないものだと負け惜しみをいった。その次に負けた時は、おい、お前、きたないぞ、と眼をむき、叱咤《しった》するように私にいった。待ち駒は卑怯だといってむきになり、私に抗議するのである。仕方がないので私はしばりに打った金をはずしたが、詰みのあるのに気づいて即詰みに仕とめると大村先生は今にもベソをかきそうな表情になった。

それでも将棋をやめようとはいわず、よし、今のはやり直しだといってまた駒を並べ始め、自分の事は棚にあげて、君、将棋はもっと紳士的に指さなければ駄目だと私に意見をするのである。

そんな時、奥さんがお帰りになったのだが、大村先生は、ただ今、という奥さんの声を聞くと、一瞬、そわそわ腰を浮かせて、

「ああ、ケイコちゃん、お帰りなさい」

と、頭のてっぺんから飛び出したような甲高い声を出し、私を驚かせた。愛妻が帰って来たので先生の気持は上ずり出したのだと私は推察し、じゃ、この辺でやめましょうか、と先生の顔色をうかがったのだが、途端に先生は、うるさいっ、チョピンっ、といきなり私にどなりつけてくるのである。ブツブツいわずに早く指せ、といわれて

私は狼狽しながら指手を進めたが、あきらかに大村先生は負け過ぎて熱くなり、神経をいら立たせている事がわかった。

間もなく私達が将棋を指している応接間に、和服姿のしなやかな美女が現れた。それが大村先生の愛妻で年は三十前後だと思われるが全体に華奢で繊細で、どことなく少女っぽさの漂う美人であった。

「あら、将棋を指しているの」

と、彼女は柔らかい微笑を口元に浮かべて私達の将棋をのぞきこんだ。私はあわてて彼女に挨拶したが、大村先生は大苦戦故に盤上に眼を釘づけにしたまま、愛妻の方へ声をかけるゆとりがないのだ。

「ね、三人揃ったんだから、ダイヤモンドゲームしましょうよ」

と、先生の愛妻は妙になまめかしく身体をよじらせながらいった。

「ああ、もう少し、あとからね」と、大村先生は彼女に向かっては優しい声を出し、私に向かっては、君、考えるのが長過ぎるよ、とか、チョピンはマナーを心得てないから駄目だ、とか、不快そうな声音で文句ばかりいった。もう、こんな奴と二度と将棋なんか指すものかと私は腹の立つのをじっとこらえていた。大村先生もおかしな所があるが、彼の愛妻もちょっと神経がおかしく出来ているようで、しばらく次の間に入ってボロン、ボロンとピアノを弾いていたと思うと、すぐにこっちへかけつけて来て、まだ、終らないの、と不平そうに盤面をのぞきこみ、あきらめてまた、次の間にかけこみ、ピアノのキイをたたき始める。

あの曲はショパンの調べですか、と私は長考に入った大村先生にふとたずねてみようと思ったが、お前、アホ違うか、とまた叱られそうな気がしたので口をつぐんだ。しばらく、のどかなピアノの旋律が流れていたが、急にガチャンとピアノのキイを両手でたたきつけるような音がして、再び、彼女はすたこらこちらの部屋にかけこんで来たのだ。

もう我慢がならぬといった見幕であった。自分をのけものにして夫が一人の学生とゲームを楽しんでいるのが腹立たしくてならなかったのかも知れない。

ねえ、ねえ、彼女は苦しい長考を続けている夫の背中を手で小突き、次には、盤の横に立ったり坐ったりをくり返して、将棋なんかもういいじゃない、ダイヤモンドゲームしましょうよ、とすねたように身をよじってくり返すのである。ゲームをするなら妻を交えて遊べるものを選ぶべきだといいたいのだろう。その内、彼女は対局が長びくのにしびれを切らし、あと十分でやめて頂戴、と制限時間を私達に宣告した。うん、うん、と大村先生は生返事をくり返し、大苦戦にうめき続けている。

はい、時間切れよ、と愛妻は置時計に眼を向けてそういうと、大村先生と私の顔を交互に見ながら何とも狡猾《こうかつ》そうな微笑を口元に浮かべた。そして、カチャ、カチャ、といった。

両手を盤の上にひろげ、彼女はカチャ、カチャと嬉しそうな声を立てながら駒を一ぺんにかき混ぜてしまったのである。

私は呆気《あつけ》にとられたが、大村先生はこんな事には馴れ切っているのか、苦笑しているだけで彼女を叱ろうとはしなかった。

「残念だったな。せっかく勝っていたのに」

と、大村先生はまた腹の立つ事をいって煙草を口にした。

「じゃ、私、ダイヤモンドゲーム、持って来るわね」

と、彼女は少女のようにはずんだ声を出して廊下の方へ走り出していった。

「家内がいるといつもこんな調子になっちゃうんだ。精神年齢十三歳かな。正に天衣無縫だよ」

と、いって私に笑いかけた大村先生の表情は今までとは打ってかわって柔和なものになっていた。

「すまないが、家内の顔を立ててダイヤモンドゲーム、三番ばかりつき合ってくれ」

大村先生はふと気弱な眼差しを私に向けてそういった。そして、それがすんだらまた将棋の続きを始めよう、というのである。大村先生の将棋好きは半端なものでない事はたしかだ。

結局、その日は深夜まで将棋と奥さんの顔を立てるためのダイヤモンドゲームとを交互にくり返す事になり、私の頭の中は麻の乱れのように混乱したけれど——数日後、再試験合格通知が来て、私はその年、めでたく大学を卒業する事が出来たのである。

卒業証書を受け取りに大学へ出かけた時、校庭の芝生の向こうをマドロスパイプを咥《くわ》えてゆったり歩いて行く大村先生の姿を見つけた。

私はかけつけて行き、色々と有難うございました、と礼をいった。

うん、うん、と無表情で私の言葉を聞いていた大村先生は、改めて一度、また、お礼に参上します、と私がいうと、

「それなら、今夜がいいね。今夜、六時頃、いらっしゃい」

といって私をうろたえさせた。

「家内が君とダイヤモンドゲームをやりたがっているんだ。夕食はうちで食べなさい」

今夜は卒業出来た者だけで、祝杯をあげる予定になっているのですと私はいいかけ

たが、先生は、

「いいね、必ず、来なきゃ駄目だよ」

と、きめつけるようないい方をして、もうゆったりと歩き始めている。声なんぞかけるのじゃなかったと私が舌打ちした時、大村先生は急に振り返って、おい、君と声をかけて来た。

「将棋の方もこの間の成績で、角落ちは卒業させてあげるよ。今夜から香落ちにしてあげようじゃないか」

前列中央が３歳の著者（本名・黒岩幸彦）。右の祖母・辰子に抱かれているのが妹・三代子。後列右端が父・信行、その左が母・幸枝

関西学院大軽音楽部のマネージャー兼歌手だった著者。学生服姿の著者の左隣で歌っているのは、この後ジャズ歌手になる妹・三代子

第3話　情趣について

二十四歳——昭和三十年

二十年位前、私がポルノ小説を書くのに嫌気が生じ、休筆宣言をした直接のきっかけにピンクの腰巻事件というのがあった。

あるスポーツ紙の連載小説に好色芸者が登場したが、春風に煽られ、裾前がひるがえって鴇《とき》色の蹴出《けだ》しがチラとのぞいた、という描写をした所、新聞社の若い担当者が電話して来て、鴇色の蹴出しって何ですか、と質問してきた。鴇色とは薄紅色、蹴出しとは湯文字、つまり、腰巻の事だと教えると新聞小説の場合、もう少し分かりやすい言葉を使って頂けませんか、という。たしかに芸者に出た事を左褄《ひだりづま》を取ったと表現するのは古風めくし、鴇色の蹴出しという言葉も今の若い層には抵抗があると思った。それで、そちらの方で適当に訂正してほしいと頼んだのだが、送られて来たスポーツ紙のこの部分を見て私は驚いた。鴇色の蹴出しはピンクの腰巻に訂正されているのだ。

それでは芸者の情感や風情など、微塵も感じられぬではないかと文句をいった所、文化部長までが電話に出て、いや、ピンクの腰巻の方が僕は実感的情緒を感じます、というのである。

鴇色の蹴出し――ピンクの腰巻、訳せばその通りだが、語句による情趣といったものが、もう通用しない時代になった事を痛感した。エロチシズムの表現形態が私の場合は現代感覚には受入れられなくなったのではないか。それは古典将棋と近代将棋の感覚の差に通じるものがある。小股の切れ上った、いい女、なんて書けば何かの事故で股が裂けちゃったのですか、と真顔で聞いた若い奴がいる。長襦袢《じゆばん》から伊達巻が滑り落ちたと書けば伊達巻というのは正月用の伊達巻き卵を連想する輩《やから》がいて、夜具を前にして何で下着から伊達巻き卵が滑り落ちたのかと不思議がるのである。

今の若い棋士の遊び方を見て、時々、気の毒な気もするのだが、彼等はほとんど色街というのを、知らない。俺は昔、よく三業地へ遊びに行ったものだが、と、若い奨励会員達と飲んだ時、語るのだけれど、彼等はこの三業地なんて言葉は知るわけはない。

芸者置屋、料亭、待合茶屋の三つの業種が入っている地帯を三業地といって、つまり、これが色街である。大内延介《おおうちのぶゆき》九段（平成二十二年引退）の住んでおられる神楽坂もあの一帯は昔は有名な三業地であって私は以前、大内先生宅にお邪魔した時、その帰りに昔、遊んだ待合茶屋のあたりを見て廻ったものだ。神楽坂のような色街では最盛期では昼間から三味線の音がどこからともなく流れて来て、粋な芸者衆が往来を忙《せわ》しげに歩いていた。夜ともなれば一層の活気を呈して弦歌紅楼の巷《ちまた》となる。こういう三業地の事を俗に花柳界というのだが、何故、花柳かというと、花は明るく、柳は暗く、いわば明暗の巷だといってるわけで、明るさの陰には暗さがあるという事を示している。どの世界にも本音と建前があるけれど、それを本質的に持っているのが花柳界だといえるだろう。

私も若い頃には神楽坂の芸者とねんごろになり、やがて、背負い投げを喰わされ、いい勉強をさせてもらったが、花柳界の本音と建前といったものは浪花節《なにわぶし》の中の「紺《こう》屋《や》高尾《たかお》」にもあるように、〝遊女は客に惚れたといい、客は来もせでまた来るという〟という風にはっきり表れている。

大分以前に、塚田《つかだ》泰明《やすあき》八段（現・九段）、富岡英作《とみおかえいさく》七段（現・八段）、中村修《なかむらおさむ》八段（現・九段）など若手を誘って熱海の起雲閣で遊んだ事がある。色街の事など全く知らないという彼等のために熱海の古参の芸者を何人か呼んでお座敷遊びの講習会を開いた。まず、座興の踊りだが、全員、機械体操的身動きしか出来ず将来性なし。次に三味唄。

まずは最も簡単なる都々逸《どどいつ》をベテランの芸者に教習させたが、塚田、富岡など、カラオケバーにおいてはハード・ロックというか、実に難解なる曲を軽々と唄いこなすのに三味線が持ち出されてくると手も足も出ない。こいつ、音痴ではないかと思われる位に三味線には合わず、つまり、音声、声帯といったものが邦楽には絶対に合わないように仕組まれている感じであった。中村修八段においてはモズのような奇声を発するのみで、あの華奢で繊細な風貌からどうして都々逸になるとあのけたたましい金切声が出るのかと不思議になった。

〝渡辺の綱にやりたや、この片腕を主と添寝の邪魔になる〟

と、お手本に芸者が唄えば富岡七段は私の腕を小突いて、「渡辺の綱って何ですか」

説明すると長くなるので勘弁してもらったが、とにかくこういう情趣というものは彼らに適さない。適さないというより、適させる必要もないわけだ。

いや、何も花柳界に適さないのは若い連中ばかりではない。以前、映画会社、日活の重役を三人ばかり柳橋の花街へ招待した事があった。私の原作によるにっかつロマンポルノ映画が十五本製作され、相当に稼がせてもらったので、そのお礼の意味で、銀座か、柳橋か、どちらかに招待したいと担当のプロデューサーに声をかけたのだ。

返事があって重役連中はお座敷の方を望んでいる、という。それにつけ加えて、ぜひ、ハコを頼んでほしい、というのだった。ハコとは三味線の事で、重役連中は恐らく小唄か、長唄が好きな面々だと私は解釈し、柳橋では三味線の名手といわれている老妓二人を呼び寄せた。私も重役連中に感心させてやるためそれまでに充分、新内の練習に励んだ。

さて、その当日、一段高くなった座敷の中の舞台へ二丁三味線を配置し、さ、さ、どうぞ、と、頃を見計らってハコを所望した重役の一人を雛壇へ乗せ上げると、彼はニコニコして、こんな二丁三味線で唄えるなんて光栄だ、と、感動してくれたのはよかったが、「それでは最初に、『矢切の渡し』をお願いします」と、二人の三味の名手に声をかけるのだ。「あの、『矢切の渡し』って、流行歌のあれですか」と、三味線を膝に乗せた老妓は奇妙な顔つきになった。

「そう。それが出来なかったら『夜霧の第二国道』でもいいのですが」、重役がそういうと、二人の三味の名手は露骨に不快な表情を見せた。

「私もこのお座敷には随分と出させて頂きましたが、『夜霧の第二国道』のお相手など、とても出来ません」

といって老妓二人は舞台からすぐに引き下がろうとする。色街でも一等地になって一流の芸妓となればそれくらいのプライドを持つわけで、こんな野暮な客の相手が務められるか、と憤然とする。特別に依頼した三味線の名手だけにそれは当然だと私はうろたえた。

ハコを頼むと三味線をわざわざ注文させておきながら、「夜霧の第二国道」とは何だと私もこの重役がどうしようもない田舎っペイに思われて来て腹が立った。しかし、当人にしてみればお座敷で芸者の三味線の伴奏で流行歌を唄いたかっただけの事で、だから、ハコを所望したわけだ。三味線の名手である二人の老妓がふくれ面になる意味がわからないのである。流行歌の伴奏一つ出来なくて、何が三味線の名手だ。お高くとまりやがって、と、彼は心中、そう感じたに違いない。「それなら、美空ひばりの『悲しい酒』ならどうです」と、まだ性こりもなく注文しようとする重役の手をとって私は席に座らせ、さあ、さあ、パッとやりましょう、と、はしゃいで見せたが、何とも一座はシラけた空気に包まれてしまった。

会社の重役といっても、案外、この種の、何となく育ちの悪さが滲み出るような田舎っペイがいるわけで、山口瞳《やまぐちひとみ》氏が酒呑みについて書かれた著書の中に、酒場で酔っぱらってシャンソンを歌う人はまず田舎者だと思って間違いがない、という一節があったが、待合で酔っ払って三味線で流行歌を歌う人はまたその上の田舎者といえるだろう。

しかし、田舎者などといってはいい過ぎでこの世の中、粋人もいるならば不粋者もいるわけだ。三味線の伴奏で軍歌など唄っても一向に差しつかえないわけである。ただ、兼好《けんこう》の『徒然草』にもあるように、「かた田舎よりさし出でたる人こそ、よろづの道に心得たるよしのさしいらへはすれ」、であって、田舎者ほど知ったかぶりをする、という意味だが、その会社の重役が一流の待合でハコを入れて唄いたいなど吐《ぬ》かすから三味線の名手の顰蹙《ひんしゆく》を買うことになるのである。

とはいっても、現在では一流の待合でも、三味線で流行歌を唄おうが、軍歌を唄おうが、お客様は神様で、そんな事で眉をひそめるような芸妓はいなくなっている。第一、ハコを入れてほしい、というような客はほとんどなくなったそうだ。三業地でもカラオケが幅をきかせてお座敷の片隅にはカラオケ機械が配置されているし、どんちゃか騒ぎを希望する客には、待合専属のアコーデオン楽団がお座敷に登場することになっている。待合の情趣も次第に駆逐されつつあって鴇色の蹴出し、が、ピンクの腰巻に書き直されたって文句がいえない時代になっているのだ。

この間、そう伊藤能《いとうのう》（二〇一六年逝去、七段）君の四段昇段祝賀会の二次会で、私は新宿ゴールデン街の「一歩」という店に入った。ここは新宿二丁目の「あり」と同じく、棋士の溜り場になっている酒場であるらしい。三、四坪の広さしかないから私が連れこんだ伊藤能、先崎学《せんざきまなぶ》（現・九段）、屋敷伸之《やしきのぶゆき》（現・九段）、それに碁の高木祥一《たかぎしよういち》（二〇二二年引退、九段）に原マチ子などでもう大入り満員となる。このゴールデン街に足を踏み入れたのは私も久しぶりだが、私が初めてこの界隈を徘徊したのは昭和三十年であった事だけははっきり覚えている。私が二十四、五の時だから、伊藤、先崎、屋敷など、まだこの世にのさばり出て来なかった遠い昔。ああ、めでたい、めでたい、と新四段になった伊藤君に祝杯を向けながら私はこの狭っ苦しい店内を見廻してそんな遠い昔の事を一方ではしきりに思い出そうとしていた。

その当時、ここゴールデン街一帯は青線地帯といわれていた。赤線、青線といったって若い人はわからないけれど、つまり、遊廓であって公許をとっているのが赤線、もぐりで営業しているのが青線、駐在所に張られている地図にこの地区が赤線と青線で区別されていたので俗にそう呼ばれていたらしい。

江戸時代では公許の遊廓として吉原は有名だが、江戸から外れた地点で許可なしで女郎を置く宿場宿もまた多かった。有名な所では東海道で品川の宿、中山道で板橋の宿、そして甲州街道の新宿であって、これは黙許だから吉原みたいに何々太夫というような源氏名を使う事は許されなかった。お町とか、お久美とかいう本名で働いていたのだ。

伊藤君の昇段祝賀会の二次会でなだれこんだこの酒場「一歩」も、あきらかに三十数年前には〝あいまい屋〟が並んでいた場所である。あいまい屋というのは青線地帯特有の商法で、一応、店は居酒屋として経営されているのだが、裏では女を売っている。二階が売春の場になっているわけで、これが本業になっているのだ。酒を売るのか、女を売るのか、あいまいになっているので、だから、あいまい屋。

東京都の教員の検定試験を受けるため、大阪から上京した私はホテル代わりにこの青線地区を利用したのである。東京の滞在費の予算は一日、二千円であった。一寸《ちよつと》したホテルの宿泊費は二千円だが、青線に泊まれば千五百円ですむ。この方法は先輩に教えられた。新宿二丁目の赤線地区は泊まり二千円、区役所通りの青線地区は泊まり千五百円の相場になっていた。

私はマッチ箱みたいな小さな店がひしめく路地裏へ思い切って足を踏み入れた。そこが現在のゴールデン街である。けばけばしいネオンと焼とりを焼いたり、臓物を煮こんだりの悪臭を放つ表通りとは違って路地裏は暗くて陰気だが、店頭にはどぎつい化粧をした女が立って、「ちょっと、ちょっと、そこのハンサム」とか「あら、学生さんなのね、うちは学割がきくわよ」と、いっせいにこちらに向かって声をかけてくる。誘いかけられると妙に足がすくんでしまうもので私は逃げるように更に奥に向かって進んだ。

小菊という看板の出た店へ入ったのはそこには立ちんぼの女がいなかった故で気楽さを感じたからだ。

内部は三、四坪ぐらいの小さな酒場になっていて、流しの遊芸人らしい着物姿の客がカウンターの中の小柄な女と世間話みたいな事をやっていた。女は安っぽい銘仙の着物を着ていた。

あら、いらっしゃい、と、女は突然、飛びこんで来た私を見て白い歯を見せて笑った。年の頃は二十二、三か。器量が悪くないように思えたのは店内の光波がわざと弱くしてある故かも知れないが、こんな店で働く娘にしては珍しい理知的な容貌を感じた。流しの遊芸人は客が来たので、御馳走様といって腰を上げ表へ出て行った。

あら、私でいいの、と、女は私にいった。一本のビールを飲んで語り合っている内に私はすっかりこの女が気に入って、あんたにお願い出来るのか、と聞いたらしい。しばらくするとこの店の女将《おかみ》が外から帰って来た。顴骨《かんこつ》がでっぱって如何《いか》にも遣《や》り手婆といった感じの奇怪な顔つきのおばさんだったが、愛想がよくて、しきりに私が敵《あい》娼《かた》として選んだカウンターの中の女を、文枝ちゃんはとても気だてがいい娘なんですよ、とほめた。他に女は二人、置いているらしい。その内一人がやがてミシミシと狭い階段を踏み鳴らしてジャンパー姿の大柄な男と一緒に降りて来た。さっきから妙にスタンドが軽く振動するようで、ビールのつまみのピーナッツも揺れ動く気配があったが、それは二階における売春行為の揺れが伝わってきたものらしい。

女将は常連らしいジャンパー服の男に、一寸、一服していったら、といったが、彼は不機嫌そうに首を振り、スーと外へ出て行った。その男の敵娼をつとめた女は肉づきがよく、重量感のある女だった。今の客の悪口をいいながらビールを飲んでよく笑った。笑えばおかめがベソをかいたような表情になった。

文枝というその若い娼婦に案内されて私は二階へ上った。身体を斜めにしなければ通れないような細い階段をミシミシ踏み鳴らして上ると、四帖半の部屋が三つに仕切られて並んでいる。その一つに入ったわけだが、恐ろしく殺風景で外部からの目隠しのためか半分板が打ちこまれてある小さな窓があった。窓の外にはこの店と同じあいまい屋の屋根がずらりと並んで見えた。その窓の下に小さな朱塗りの鏡台、机の上には長細い首の花瓶が一つ、埃っぽい造花が一つ突き立ててあった。壁には雑誌から切り抜いたらしい伊東深水《いとうしんすい》の美人画や山本富士子《やまもとふじこ》、長谷川一夫《はせがわかずお》のブロマイドなどが無造作にはりつけてある。

「明日、試験があるというのに、こんな所に泊まってもいいのですか」

と、文枝は私から泊まり料金、千五百円を受け取って下の女将に支払いをすませると、盆にビールとつまみを乗せて笑いながら戻って来た。このビールは私のおごりだという。

煤《すす》だらけの窓からネオンの光波が断続的にチラ、チラと差しこんでくる。表は、「ちょっと、ちょっと」と客を呼びこむ女の声、男の笑声、女の嬌声、あわただしく駆ける下駄の音、中華ソバのチャルメラの音、などが何か物哀しい騒々しさで私の耳に響いてくる。

こんな頽廃《たいはい》の巷に迷いこんでしまった事にふと後悔めいた気分にもなり、やはり、明日の試験に備えてちゃんとした宿屋に泊まるべきだったと気分は重くなったが、そんな私の気分を察したのか、文枝は快活に、積極的に私に語りかけてくるのだった。

試験というものがあるんだから学生さんも大変ねえ、とか、えらいわねえ、とか、しきりに感嘆詞を連発した。私が机の下へ投げ出したモーパッサンの短篇集に眼を向けて、こんなむつかしそうな外国の小説なんか読むなんて学生さんはえらいわね、などといった。私は私で、こういう所で働く娼婦の日常というものを彼女の口から聞き出そうとした。野暮な質問だということはわかっているが、この淫蕩と頽廃の空気に浸る事が出来たのも何かの機縁、彼女達の生態を少しでも知っておこうとした。

彼女は敷布団を敷き、シーツの皺をのばしながらためらう事はなく、私の質問に答えてくれた。彼女は沼津の生まれで昨年からこの店に勤めているという。実家に金のいる事が出来て十万円をこの店から前借りし、もうそれは返してしまったが、今度は兄が胸の病気で入院し、その入院費もあってまた十万円、前借りしたといった。稼ぎはこの店と四分六になっているので、あと三カ月もすれば前借りはなくなる、といった。

それから、こういう界隈で遊ぶ時の心得として、あまり繁盛している店を選ばない事をアドバイスしてくれた。いい妓《こ》を置いて繁盛している所はマワシをやるというのだ。こういう店はどこだって建坪七、八坪の所に四帖半か三帖位の部屋を三つ位は持っていて、指名が多い妓は客を同時に二人も三人もとり、別々の部屋に入れると、客には気づかれぬように各部屋を廻ってサービスするという。

そんな器用な真似が出来るのかと不思議に感じたが、これで相当に溜めこんでダイヤの指環なんか買った妓がいるというのだ。これは重労働で、しかも、悪質な搾取であり、ここの女将さんなんかは絶対にそんな無茶な事はさせないと彼女はいった。ここでは人権を尊重してくれる、といういい方をするのだ。

——もう起きなきゃ、と翌朝、私は彼女に揺り起された。目覚時計を見ると七時である。試験が始まるのは九時で、私は針を八時前にセットしたつもりだが、彼女に三十分も前に起された事になる。さ、顔を洗って、と彼女に導かれて寝巻姿のままで私は廊下に出ると二間ぐらいの踊り場にある洗面所で歯を磨いて顔を洗った。部屋に戻ると、トーストとミルクがちゃぶ台の上に出されている。

「ここにはこれ位しか、ないのよ。ごめんなさいね」

「いや、こんな事までしてもらって悪いな」

「どう致しまして。今日の試験、がんばってね」

と、彼女はトーストにバターをつけながら私にいった。

ね。もし、試験がうまくいったら、今夜も遊びに来て下さらない、と、彼女はいった。

ああ、来るとも、と私はいった。昨夜、カシがあるからな、と私は笑った。性的飢餓感に悩んでいた二十代の私は彼女の滑らかな餅肌につい夢中になり、一回の交渉だけでは満足出来ず、というより、どうせ、遊ぶならとことん、やらなきゃ損だともしい気持になって、二度目を挑んだのだが、ね、いいけど、明日は大事な試験があるんでしょう、と彼女にたしなめられたのだ。あまり、体力を消耗しない方がいいのじゃない、と、いわれて、そうだ、と私は学生の本分を思い出したのだ。ね、少し、休んでから勉強した方がいいわ、ともいわれて、私は、そうだ、と寝床の中で腹這いになり、鞄から本を取り出した。

彼女は枕元のスタンドの灯をつけ、私も勉強しようっと、といって私の持っていたモーパッサンの短篇集を同じように腹這いになって読み出したのだ。

身仕度を整えて部屋を出ようとした私に彼女はうしろから抱きついて来た。衝動的に私に接吻を求めて来たのである。重ね合った唇を離すと、私、お客さんとキッスしたのはこれが初めてよ、といった。私は今夜、必ず来るよ、といった。彼女は今夜、来て下さったら私の方からせがむわ。二発や三発では許さないわよ、といった。私は慄え声でもう一度、今夜も絶対に来る、といった。

ここらあたりを茶化せば、あの浪曲の「紺屋高尾」と同じで、〝遊女は客に惚れたといい、客は来もせでまた来るという〟の一節になるわけだが、私はその若い娼婦の接吻一発ですっかりのぼせ上り――ああ接吻《くちづけ》海そのままに日は行かず、鳥翔《ま》ひながら死《う》せ果てよいま――といった牧水の歌を一瞬、思い起こした位で、よろけるように狭い階段をミシ、ミシ踏み鳴らして降りた。それでも彼女は花模様の赤地の銘仙の着物の上に野暮ったい肩かけをひっかけ私を追って来た。階下の土間の片隅で競馬新聞に赤線を走らせている女将に向かって彼女は、「お母さん、一寸、お客さんをそこまで送って来ます。大阪の人で新宿は初めてだそうですから」と声をかけ、もう下駄の音をカラコロさせて私より先に表へ出て行った。

その夜、私はこの青線地帯へまた足を踏み入れた。ちょっと、ちょっと、お兄さん、と誘いこもうとする女達の間をかいくぐって「小菊」にたどりついたが、階下の酒場はやくざっぽい男が二、三人で流しギターに合わせて唄っていた。鬼婆みたいな形相の女将もかなり御機嫌に酔って一緒に唄っていた。

「ああ、文枝ちゃんね。悪いわね」

と、女将は店内にのっそり顔をのぞかせた私に気づいていった。

「文枝ちゃん、今夜は予約で一杯なのよ。三人もお客さんがついちゃってさ、あの妓は当店の売れっ妓なのよ」

今夜は待っていても無駄だと女将はいいたいのだろう。ああ、そうですか、じゃ、また、といって私はあわててそこから逃げ出した。二階から客を送って出て来る彼女を見れば私は耐えられない気持になるだろう。それを私は恐れたのだ。

〝逢いたかったぜ、三年ぶりに。逢えて嬉しや、飲もうじゃないか〟と唄う流しの唄声を背中に聞きながら私はこの暗い、わびしい青線を通り抜けて行った。

ゴールデン街と名も変った元青線地帯の酒場「一歩」で若手棋士達と騒ぎ合いながら何故かあの時の流しの唄が流れこんで来るような気がした。

「四段になった棋士はお祝いとして団先生にソープランドに連れて行かれるという話を聞きましたが」

と、若手棋士の一人が笑いながら私にいった。

「そう、そう。ソープランドねえ」

と、私は生返事をくり返している。そうだ、この連中はこの一帯が青線地帯であった頃には生まれていなかったのだ。現在は売春防止法によって赤線も青線も消滅した。それも建前であって、ソープランドというものが彼等の性欲のはけ口となっている。しかし、一度私もためしてみて、あのゴムマットのシャボンに足をすべらせ、床にしたたか頭を打ちつけて脳震盪《のうしんとう》を起しかけたから悪口いうのではないが、あの情趣のなさはどうだろう。ゴムマットにシャボンを塗りつけて泡おどりなど、誰が考案したか知れないが、私のような鴇色の蹴出し族から見れば戦慄めいたものを感じるのである。

昔は芸者でも女郎でも、私娼ですら自分だけの収入を考えてこの道に入った者はなかった。親の借金のためとか、兄妹への仕送りのためとか、で、止むを得ずこの道に落ちこんだのがほとんどであった。だから、たまに親切な客にめぐり逢うと彼女は誠意をもって尽したものである。だから、その頃の色街にはそうした物悲しさが漂って、たとえ青線の不潔たらしい部屋でも何かの情趣が感じられたものである。日本が貧困であったのも原因し、それがしわよせとなって、弱い女性を犠牲にしていたように思われる。そうした哀感も情趣につながるものだが、あの時の女達は一体、どうなってしまったのか、今の若手棋士達にそんな昔話をしたって笑われるだけの話だが。

第4話　除夜の鐘

二十五歳——昭和三十一年

昭和三十年もすでに大晦日《みそか》だというのに、私はその日も朝から新世界の将棋クラブで遊び人風のジャンパー姿の男と賭け将棋を指していた。

ここ一週間、私は転々と不良仲間のアパートへ泊まったり、簡易旅館へ泊まったりして、家へは帰っていない。

恐らく私の家には借金取りがつめかけて怒鳴り散らしているだろうし、私が小豆相場なんかに手を出した事をそれで知った親達もびっくりしているに違いない。また、私の就職のために奔走してくれている親切な友人も、私が突然、姿をくらました事で腹を立てている筈だ。

元々、放浪癖があって、今まで何度も何かに行きづまる度に家を飛び出していた私だが、さすがに今日は大晦日だと思うと、悔恨めいたものがこみ上がり、胸が凍りつくような思いになる。私に迷惑をかけられた人々の当惑した表情がともすれば脳裏に浮かび出てくるのだが、私はそうした焦燥を払いのける思いでピシリッと将棋の駒を盤上に打ち下ろすのだった。

私が対戦しているジャンパー服の角ばった顔つきの遊び人は、あとでわかった事だが、村田某《なにがし》という男である。

「おい、兄ちゃん、真剣でやろけ」

と、この将棋クラブに朝入った途端、この男の挑戦を私は受けたのだ。真剣でやろうとは金を賭けてやろうという事で、この男は何回かこのクラブで将棋を指す私の盤面をのぞきこんでいた事を知っている。自分の方が少しは強いと見て、これならカモに出来ると充分に計算した上で私に挑戦してきたのだ。こういう界隈には真剣師という賭け将棋で食っているような得体の知れぬ人間が多く、彼等は相手の棋力をよく観察してからでないと挑戦してくるという事はない。

賭け金は百円と決まった。

彼は初手に右の端歩を突くという阪田《さかた》三吉《さんきち》みたいな奇抜な手を指した。私は左端歩を突くという珍手でやりかえした。

盤の傍らにしゃがみこんで観戦していた男が不思議そうに首をひねって私達の顔を

交互に見つめた。

「もう昼や。飯喰うてからまた始めよう」

と、彼が腰を上げた時は、もう、二番指して、勝負は一勝一敗の指し分けである。

彼はクラブの表へ飛び出すと、大衆食堂ややきとり屋や泡盛焼酎などを売る店がごちゃごちゃひしめいている路地の方へ突っ走っていった。

三十分ばかりたった頃、

「兄ちゃん、ここにいたんか。そろそろ始めよけ」

食堂ののれんをかき上げて顔を見せた村田某はニヤリと笑って私に戦闘再開を宣言した。

今日のジャンジャン横丁は大晦日であるだけに何時もとは違って狭い道路を歩く人々も如何にも師走らしく、せかせかと先を急いでいる。ちっぽけな飯屋や飯屋の門口にも新春の飾り物が置かれて、いよいよ明日は正月、という感懐が、ふと私の胸にも迫るのだった。

ああ、それなのに一体、俺は何をしているのか、とやくざくずれみたいな男のあとについて将棋クラブへ戻っていく私は、自分を唾棄したい気持になってくる。人間的な生活圏内からいよいよ離れ、大晦日のジャンジャン横丁の将棋クラブで魂をすりつぶしている自分が何とも零落した人間のように思われてくるのだ。

将棋クラブの客も夕方近くになると、明日が正月であるだけに相当に呑気な客でもそろそろ帰り支度にとりかかる。しかし、夢中になってあれから七番も将棋を指し続けている彼と私は、正月もへったくれもあるか、といった気分になっていた。

彼は相当に熱くなっている。朝から九番も指して成績は八勝一敗で私の方が圧倒的に勝ち越しているのだ。午後から三番位、指し継いだ時、これからはいっそ五百円でいこ、と彼は負け越した損を一気に取り戻そうとして、べらぼうに賭け金を上げて来たので、それに私はすみやかに応じた。

こっちから見ればこの男と私は相当に棋力の差があるように思われるのだ。彼は負けても、納得のいかぬ表情を見せ、

「よっしゃ、もう一丁いこう」

と、再び、最初からせかせかと急いで駒を並べ始めるのである。もう、夜も九時近く、将棋クラブの閉店時間となって、私達の将棋を表から窓越しに観戦していたルンペンも引揚げてしまったのに、彼はそれでも駒を離そうとはしない。

「もうええ加減にしてくれはりませんか」

と、クラブの主人が泣きそうな顔をしていった。気がつくと、周囲にはもう客は一

人もいなかった。

「今日は大晦日だっせ。その辺で打ち止めにしといてくれまへんか」

でっぷり太った赤丹《あかに》顔の主人は、箒を片手に持ちながら口を尖らせていった。

私の相手は不服そうな表情で盤上の駒をくずした。

朝から十五戦して十四勝一敗という大差がついている。私の膝の前には、子供のメンコが十四枚積み重ねてあった。それは駒札みたいなもので、あとで勝者に現金に換算して支払わねばならぬものである。

私はメンコの数を勘定し、金額に計算して彼に告げると、彼は苦虫を噛んだような表情でメンコを見つめていたが、ふと、私の顔を今度は情けなさそうな表情で見た。

「わい、あれへん」

「あれへんて?」

「わい、金、あれへん」

冗談じゃないぞ、とばかり、私は彼の顔を睨みつけるように見た。朝から夜まで十五番も指させくさって、金、あれへんとは何ちゅう奴っちゃ、それでも真剣師か、という啖呵を彼に浴びせようか、どうかを私は迷っていた。この男が素性の悪いやくざなんかであったなら、ここでつかみ合いの喧嘩という事になりかねない。こんなやり切れない気分の時に下らない事で喧嘩し、怪我なんかすれば目も当てられぬ。明日はお正月だし――などと頭の中で考えていると、彼は、

「俺も男や、あんたをこのまま手ぶらで帰すような真似はさせへん。一寸、そこまでわいに顔をかしてくれ」

と急にいい出し、すぐにもう表へ出て行くのだった。

私はさっぱりわけのわからぬ気持ちで、仕方なしに彼のあとについていった。暗澹とした空から小雪がチラチラ降ってくる。

もう人通りもまばらになった道を彼は背中を丸めて、ああ、寒む、ああ、寒む、といいながらポケットに手を入れて歩いて行くのだった。

この男も私と同じで師走とか正月とかに特別な感情を持てない、孤独な人間のようであった。

一体、この男はどこへ私を連れて行こうというのか。

道路を横切った所に赤提灯を出した薄汚い飲屋があり、その前まで来ると、

「兄ちゃん、少し、持ってるか」

と、村田某は私の方を見て卑屈な笑顔を見せた。

飲み代があるか、と彼は聞いているのだ。

私はうなずいて見せると、ほな、一寸、寄って行こ、と彼は煤で黒ずんでいる立てつけの悪いガラス戸をガタガタ動かし、先に飲屋の中へ入って行く。

六坪ぐらいの土間の中央には石炭を一杯につめこんだストーブが胴を真っ赤にし、その周辺には浮き世の掃き溜めに巣くうような様々な人達がぎっしり埋め尽くしていた。流しの遊芸人や人相見、擦り切れた袢纏《はんてん》の労務者、渡り土工などが手に手に泡盛焼酎のコップを持ち、騒がしくしゃべり合って店内は異様な熱気を充満させている。彼等の座っているのは椅子ではなく、どこかの公園からかっぱらって来たようなベンチであった。少し奥まった所に恐ろしい位に汚い小さな調理場らしいものがあり、豚と馬の臓物を混合させた煮こみの異臭を店内一杯に匂わせている。

古ぼけたストーブを古ぼけたベンチで四角に囲み、この店の主人らしい猫背の老人が運んでくる馬豚煮こみに喰らいついている男達――。

棚の上に乗っかっているラジオも前世紀の遺物みたいな古ぼけたものだが、このラジオから流れてくる紅白歌合戦の歌謡曲に合わせて、やがて彼等は一せいに合唱し始めるのだ。

あと何時間かすれば新年を迎える事になるのだが、彼等はそんな事は他人事のように考えているようだった。

そんな連中の間へ彼と私は一緒に混じって入り、二人は合成酒とこの店の名物になっているらしい馬豚煮こみを注文した。

あまり好きでもない酒を私は無理に飲んだが、性のよくない合成酒は飲めばすぐに頭の皮と脳の間にたまるようで不快でならなかった。それにたっぷり皿に盛られた馬豚煮こみの異臭は嘔吐を催す位にたまらなかった。

「そやけど、あんたの将棋は強いなあ。まだ、若いんやし、プロの修業をしたらどうや」

彼も酒はあまり強い方ではないらしい。コップ酒を二杯も飲むと、もう悪酔いのきざしを見せ始め、顔色も青ざめて来ている。酒が弱いというだけでなく、私と同じように肉体的にも精神的にも疲労し切っているような所があった。そして、そんな自分の疲労を隠すように矢鱈にしゃべりまくるのだった。

「今年、最後の将棋に負かされるなんて、わいはつくづく嫌になった。来年もろくな事あらへんやろ」

と、自嘲的にいい、彼は店のおやじに向かって更にコップ酒を注文した。

「おっさん」

私は彼に嫌な顔を見せていった。

「一体、これから俺をどこへ連れて行こうというのや。それとも、どこへも行かんとここで年を越す気ィか」

「阿呆いえ。こんな連中と一緒に正月が迎えられるか」

彼は苦笑していった。

といってもこの男は明白な新年という事に別段、何の感情も持っていない。だからこうしてかなり悪酔いして来ているのに、意地汚くコップ酒を手から離さないのである。

「ほな、行くか」

皿の中の馬豚煮こみを綺麗に平らげた彼は、ようやく腰を上げた。

一体、どこへ行くのか、私をこれからどこへ案内しようというのか、と、私は先程から彼に対し、恐怖感を持つようになっていた。

彼は賭け将棋の負けを現金がないので支払えず、何か他の方法で私に対し弁済を考えているらしいのだが、私は段々と不安になってきた。

この店を出た途端、どこか近くの路地へ連れこまれ、この男に首でも絞められるのではないかと恐ろしくなってきたのである。酒までおごらされて首を絞められるなど何とも哀れではないか。

といってこの男から離れたところで、私は家に帰る気にはなれない。行くあてはどこにもないのだ。首を絞められれば絞められた時の事だ。と私はどうともなれ、といった自棄の気分で店の勘定をすませると、彼のあとについて表へ出た。

まだ、小雪は降りつづいている。

暗澹とした空より小雪は風に乗り、風に舞って、私の顔へ吹き当たってくるのだ。寒々とした心に雪の冷たさが染み通り、忽ち、酒の酔いは覚めて憂鬱な現実へ連れ戻されそうな気分になって来たが、私はそれに逆らうように大声で歌を唄いだした。彼も私につられて歌い出し、通りすがりのアベックを冷やかしたり、何かわけのわからぬ事を急にわめき出したり、雪に足を滑らせてスッテンコロリンとひっくり返ったりしている。

小さな路地の中へ入った彼は、兄ちゃん、こっちやこっち、と私の方を振り返って手をかけながら、朽ち果てて斜めにひん曲がったような木造アパートの階段を上がり始めた。

「わいの家や。ま、少し休んで行ってくれ」

彼に案内されて入った部屋は六畳の無茶苦茶に汚い部屋である。漆喰の剝げた茶色っぽい壁は大きなひび割れが出来ていて、人間の体汁が染みこんだような悪臭を発するベトベトしたどす黒い畳、隅には煙草の吸殻を一杯に投げこんだ牛乳びんや中華ソバの丼がつみ重ねてあったりして、何ともいえない汚らしい部屋であった。

「何んやったら今夜、ここへ泊まっていけや。大晦日に知り合うたのも何かの縁や。一緒にここで年を越そうや」

畳の上に散乱している新聞紙や雑誌類を、彼は足で隅の方へ蹴るようにして押しのけながら私の顔を見てニヤリと笑い、破れ放題の押入れの襖を開けると半分位入った一升瓶を引っ張り出した。

この部屋の暖房設備はちっぽけな電熱器一つである。

相当に疲労し切っていた私は、泊めてくれるならここへ泊めてもらいたいという気分になっていた。

ぺたりと電熱器の前に座りこみ、背を丸めて手をかざしていると、彼は畳の上に転がっている湯呑みを拾い上げて外の廊下の共同水道で洗い、私の前へ持ってくる。

「さ、一杯、いこ」

いやに水っぽい冷酒を飲まされていると、急に私のうしろのドアが開いた。

振り返ると、そこには年の頃、二十四、五の女が突っ立っている。

眼の細い、薄手の鼻筋を持った女で、野暮ったい派手な柄のウールの着物を着ていた。

どこか病的な妖気を持つ色の白い女で、私はこの女を見た途端、悪狐を連想した。

「寒いがな。スースー風が入ってくる。はよ、ドア、閉めんかいな」

彼はその狐に似た女に声をかけた。

それで私は、この女が彼の情婦である事がわかったのだが、何とも不気味な女で、ドアを閉めた彼女は妖しい光を発する眼で、じっと私を疑い深そうに睨みながら部屋の中へ入ってくる。まさしく狐のような燐光を発する敵意をこめた眼で見つめられると、私はぞっと寒気を感じるのだ。

「おい、一寸」

彼は情婦が傍らへ来て座ると、彼女の肩をポンとたたいて立ち上がった。

二人だけの秘密の話があるらしく、彼は彼女をうながしてドアをまた開き、外の廊下の方へ出て行った。

ドアの隙間から再び、寒気が吹きこんでくる。

私は水っぽい冷酒をすすりながら、ちっぽけな電熱器の上に縮かんだ手をかざしていた。

まともな生活圏内からいよいよ外れ、何だか盛り場から盛り場をさまよっているような日々で、遂に年の瀬も押しつまった大晦日、得体の知れぬ貧民窟に流れ歩いて来た自分を今、私は感傷的に考え出している。

この一週間、どこをほっつき歩き、一体、何をしてきたのかと酒の酔いで朦朧となってきた頭をひねっては思い出そうとしているのだが、どうにも記憶が曖昧になっているのだ。

やがて女と一緒に廊下へ出ていた彼が、何か話をつけたらしく、二人ともさばさばした表情で戻って来た。

「よっしゃ、話がついた。兄ちゃん、わいの女房とここでやれ」

と、彼は私の前にでんと胡座を組み、一升瓶を引き寄せていった。

「ここでやれって、何をやるんや」

と、私は眼をパチパチさせて彼の顔を見た。

「阿呆か、わいの女房とおめこをやらしたるというてんのや」

「おめこ」

私は呆気にとられて、彼の顔と女の顔をまじまじと見つめた。

「うち、治子といいますねん。よろしく」

そう名乗った女はそっぽを向いて煙草をくゆらしながら、吐き出すようないい方をした。

「それで、さっきの将棋の負けと、達磨屋《だるまや》で酒をおごってもろた義理、パーにしてもらうわ。な、ええやろ」

と、彼は私にいい、ケ、ケ、ケと力のない奇妙な笑い方をするのである。

「どうしたんや、わいの女房、気に入らんのか」

「いや、気に入らんという事はないけど」

私はあまりにも出しぬけ過ぎるので面喰らっているのである。

治子という彼の女房はその野暮ったい着物から見てこの近くの特飲街の娼婦、または街娼の種類なのかも知れない。賭け将棋なんかで負けた彼は時々、こうして相手の男をここへ連れこんで来て女房に売春させ、賭けの負けを帳消しにさせていると想像出来た。そんな事にこの治子という娼婦は何の抵抗も感じていないようである。

それにしても、私にとっては何とも有難迷惑な話であった。こんな無茶苦茶に汚くて、しかも、陰気な部屋で、そして、こんな狐みたいな薄気味の悪い女を抱くなんて気分が起きる筈がない。

第一、盛り場の将棋クラブに巣喰っている薄汚い真剣師の女房とわかっていながら、ここで抱くなんて事が出来るものではない。

それに他に行き場のない六帖一間のボロ部屋で眼の前に亭主がブルブル貧乏ゆすりしながら酒を飲んでいるのである。この男、私が彼の女房をもしここで抱く事になれば、それを酒の肴にして見物する気でいるのだろうか。

「何ぼ何でも、亭主のわいがここで見とったら気がひけるやろ。わいはすぐに出て行くさかい気にしいな」

と、彼は気弱な薄笑いを口元に浮かべながらいい、コン、コンと背中を曲げて咳こんだ。

「わいの友達とこで、今夜、除夜の鐘を合図に花バクチが始まるんや。おい、治子、五千円ばっかし出してくれ」

彼は灰皿の中で煙草の吸い殻を煙管につめて、ジュージュー吸いながらいったが、その途端、

「そんな金がどこにあるんや」

と、女は物凄いばかりの大声を出し、彼はびっくりして煙管を投げ出したが、私も口にいれたばかりの酒を吐き出しそうになった。

「ほんまにあんたっちゅう人は、何んちゅう人や」

と、彼女は顔を歪めて、彼を罵り出し、何々に支払う金まであんたはバクチにつぎこむし、賭け将棋に負けると相手の男に私を抱かしてごまかしたりして、それでもよう空気吸うて生きていられるもんやと、その細い体のどこにそんな声量があるのかと思われる位すさまじい声で彼をやりこめるのである。

「うるさい。女はだまれ」

などと彼はようやくどなり返した。

私の前でポンポン女房にやりこめられているのが気恥ずかしくなったらしく、

「あまり勝手な事を吐かすと、承知せんぞ。明日は正月やというのに何やっ」

と、何ともおかしな事をいい出すのである。

しかし、きっと女房を睨みつけた彼の眼にはなかなかの凄味があった。眼の底にじ～んと冷酷な光を沈ませて、表情には敵意とも殺気ともつかぬものが妖しく滲み出ている。いざ、居丈高になると、急にこうした恐ろしい表情を作る事の出来るのが、こういう界隈に住みついている人間の特徴であるらしい。

彼の睨みがきいたのか、彼女はそれきり、何もいわなくなり、フンとそっぽを向いて煙草を吸っている。

やり切れない重苦しい空気が二人の間にたれこめていたが、それよりもやりきれない気分は私の方であった。何で俺はこんな所にいるんだろうと先程から落着かない気分になっている。

性悪の水っぽい酒はそれだけに酔いの覚めるのも早く、私は段々と後悔めいた気持ちになって来た。やっぱり、ここから帰るべきだと私は感じて、腰を起こし、

「俺、やっぱり、帰らせてもらいまっさ」

と、彼に声をかけると、彼はギョロリと眼をむいて、

「何でや?」

と、不快そうにいった。何でや、といわれたって、もうこれ以上、居たたまれないから外に出るわけじゃないか、と私はすねたような表情を彼にみせると、

「あんたにここから帰られたら、俺の男の意地が立たん。今から帰るいうたかて、この寒さや。今夜はここへ泊まっていけ。女房を抱いてもらわん事には俺の気がすまん。俺は見ても見ん顔してるさかい」

「いや、親切は有難いんですけど——」

私は、下手に断ると、俺の女房では気に喰わんのかと彼の自尊心を傷つけるような気がして、考えたあげく自分は今、インポであるといった。

「インポ?」

その若さで、と彼は気の毒そうに私を見た。

「インポねー」

彼は煙管につめた吸い殻を吸い、それを灰皿の中へポンと落とすと、それをきっかけにしたように女はさっと立上がり、部屋の隅にあった箒を手にして、乱暴にとり散らかっている部屋の中をさっと掃き出しにかかる。

「オイ、一寸、腹が減ったな。餅はないのか」

「ない、ない」

彼女は腹立たしげに畳の上を箒でこすりながらどなるようにいった。

「明日は正月やというのに餅ぐらい用意出来んのか」

と、彼がどなると、

「明日は正月やというのに家の金、みな持ち出してバクチですった奴は誰や」

と、彼女は箒を激しく使いながら、応酬している。

「ちょっと、のいてんか」

彼女は電熱器の傍らに座りこんでいる男二人の方に向かって畳を箒でこすり上げた。

ぱっとこっちに向かって埃が飛んで来たが、彼は鼻水をすすり上げながら冷酒を飲み、動こうとはしなかった。

「くそ、何かおもろい事はないかな」

大晦日にいたって餅の用意すらしていない自分達を彼は別段、みじめとも哀れとも思っていない。元金がないために、友達のところへバクチ打ちに行けない、ただ、それだけを彼は残念がっているのだ。

一応部屋の中を掃き出した女は私達の傍らへ来て、ペタリと座りこみ、一升瓶に手をのばした。私は彼女にコップを渡し、一升瓶を持ち上げて彼女に酌をした。

「あんた、まだ、学生さん？」

彼女はコップ酒を半分ばかり飲んでから、私に目を向けていった。

「いえ、今年、卒業したんやけど、就職にあぶれて」

「そう、けったいな世の中やね。人間が今、あまり過ぎて、ここにきたって、あんた仕事なんかあらへんよ」

彼女は私がこの界隈へ仕事を探しに来て、彼と知り合い、将棋を指したと思ったらしい。

「全く今年は面白い事がなかったわ」

この女も、こんなどん底に落ちぶれてしまった自分達の惨めさをしみじみ情けなく思うというのではなく、今年はパッとした面白い事がなかったという愚痴だけをこぼしてるのだった。正月の仕度を何一つしていないという自分達夫婦を情けなく意識する事はなく、何か、その辺に面白い事がないかという現実的な快楽のみを嗅ぎ回っている人種であった。

「大晦日の土壇場に来たかて、うちら一銭もあらへんのよ。この阿呆がバクチで皆、すってしまいよったんや、正月は高田浩吉《たかだこうきち》の実演見に行くつもりやったのにみんな、パーや。おまけに賭け将棋で負けて、こんな時につけ馬ひっぱって帰って来る。な、あんた、どう思う」

彼女は一杯のコップ酒にもう頬を真っ赤に火照らせて私の顔を見ながらゲラゲラ笑い出すのだった。

「こんな事したら、一寸、失礼やと思いまっけど」

と、私はズボンのポケットの中に手をつっこんでくしゃくしゃになった百円札をつかみ出した。

「正月の餅代ぐらいになりまっしゃろ。使うて下さい」

畳の上に私が皺をのばして置いた何枚かの百円札を、彼女はびっくりした表情で見た。

「あかん、あかん、何すんのや。そんな事したらあかん」

彼は畳の上の札を私に押し返そうとした。

「将棋の負けが払えんのに、その上こんな事までしてもろたら、罰が当たってしまう。こんなもん、はよ、しもうてくれ」

と、いいながら、彼は握りしめている何枚かの百円札にちょっぴり未練な眼差しを向けている。

「いや、僕は、家に帰ったら何とでもなります。これで正月は高田浩吉の実演に行っとくなはれ。そのかわり、今夜はここに泊めて下さい。僕は一寸、疲れましたわ」

私は彼の押し戻した金を今度は女の手に握らせそのまま、ごろりと畳の上に横になった。

「おおきに、すんまへん。ほな、うちらこんな状態でっさかい、一応、これ、お借りさせて頂きますわ。な、あんた、そうさしてもらいまひょ」

と、彼女はその金を押し頂くようにしてから、彼の顔を見ていった。

彼は何か苦しそうにしばらく眼を閉じて腕組みしていたが、うん、せっかくの御厚意や、そないさしてもらおう、と、うめくようにいい、急に眼を開くと、

「おいっ」と、彼女の肩をいきなり突き飛ばした。

「このままじゃすまんぞ、お前、真っ裸になれ」

と、どなるようにいうのである。

何をいい出すのか、と女は呆然とした表情になったが、ぐったりと畳の上に横になっていた私もびっくりしてむくむくと上体を起こした。

「この兄ちゃんは下の方がいう事をきかんといいはんのや。そんなら、せめて、俺とお前で実演し、兄ちゃんに見てもらおうやないか。そうでもせな、義理がすまん。な、そやろ、そうと違うか」

「そやけど、あんた、こんな寒い晩、風邪ひくやないの」

「風邪ぐらい何や、やっとる内に温うなるわい。さ、はよ、着物脱ぎさらせ」

そういうと、彼はもう立上がり、女の背後に廻ると、せかせかと彼女の帯を解き始めるのだった。

夫婦の愛撫の演技を、人に見物させて演じたという事はどうやらこれが初めてではないらしい。

「ほんまに、この人せっかちやさかい、かなわんわ」

と、女は彼に帯を解かれ、腰紐を次から次に抜きとられながら、私の方に苦笑を見せているのだ。

破れ襖を開けて薄い夜具を畳の上に投げ出した彼は、色あせた長襦袢姿になった彼女をその上に突き飛ばすようにしてから、自分も服を脱ぎ始める。シャツをかなぐり捨てて彼が上半身を裸にする頃には、女は長襦袢を脱いで蒼みを帯びた肌を露わにしていた。

「ああ、さむ、あんた、はよ抱いて」

腰巻きもとって夜具の外へ置いた女は掛布団を胸の辺りまでひっかけて、茎のように細い手を彼の方へ差し出しながら、ガタガタと震えているのだ。

「何ぞ、お好みの体位がございまっか」

と、全裸になった彼は私の方に笑いかけながら、掛布団を号令をかけるようにして剝ぎとり、寒さに震えている女の方へ覆いかぶさっていく。

その腕が彼を巻きこみ、巻きこまれた彼は女を引き寄せ、二人は私の方に見せる効果を狙ってわざと淫猥な姿態を露骨に織り込み始めるのだ。

丁度、その時、一せいに除夜の鐘が鳴り出した。

何という場所で、何という事をしながら、新年を迎えてしまったのか、と、私は自嘲したい気持になったが、今、思い出してみても、人生の泥沼の断面を見つめながら耳にしたあの何か物悲しい除夜の鐘の音は、終生忘れられないような気がする。

第5話　くず屋さん

二十七歳――昭和三十三年

大阪の吉田和三郎さんと私は今でも年に一度は逢って将棋を指す事にしている。昨年は吉田さんに招待され、有馬温泉の豪華な旅館で丸一日、ゆっくり将棋を指した。

今年の六月には私が吉田さんを熱海の石亭《せきてい》に招待し、くつろいだ気分で丸一日、将棋を楽しんだ。吉田さんも私も棋力はアマ三段ぐらいで、いい勝負であった。

吉田さんは六十三歳で阪急沿線、神崎《かんざき》川駅にある大きな鉄工所の社長さんである。その他、建築工務店、土木業など、色々な事業を拡張し、兵庫県にゴルフ場も持っている。自宅は芦屋にあってこれがまた敷地五百坪はある大豪邸、ゴルフ練習場がある芝生の庭もあれば池に錦鯉が泳ぐ豪奢な日本庭園もある。

吉田さんはまた犬好きであって、彼の家には私の背丈よりもずっとでっかいボルゾイというロシア産の犬が飼われている。吉田さんはそのボルゾイを秘書と一緒に午前中、散歩に連れ出すのだが、それが健康法の一つになっているそうだ。二人がかりで鎖を引っ張らないとこの大型犬はとても扱い切れないのである。

一度、家内を連れて吉田さんの芦屋のお宅にお邪魔した事があるが、家内もこのボルゾイのでっかさと体型の優美さには驚いた。その時、芝生の庭を走りまくっていたこの大型犬は貴族に飼われている白馬が飛びはねているように私達の眼に見えたのである。

どういうきっかけであなたは吉田さんと知り合いになったの、と、よく家内は私に尋ねた。関西の大実業家の吉田さんがあなたと熱心に将棋を指すというのは不思議だと家内はいいたいのかも知れない。

私は吉田さんの事を家内には、俺の若い頃、俺に将棋を教えてくれた人、と、ただ、そんな風に説明してある。吉田さんと知り合ったきっかけについて、くわしい事はまだ家内には語っていない。三十年前、あの吉田さんは新橋駅東口の特飲街を廻っていたくず屋さんだったとはどうも家内にはいい難《にく》かったからだ。

三十年前、新橋駅東口周辺一帯の特飲街は国際マーケットと呼ばれて新宿ゴールデン街に似た毒々しい雰囲気に包まれていた。そして、私はその国際マーケットの南側で小さな酒場を経営していたのだが、当時の事は不快な思い出ばかりなのでそれも家内にはくわしく語っていない。語れば自分の自尊心を傷つける事ばかりなので恐ろしいような気がするのである。

正直にいえば、つまり、吉田さんと私の最初のつながりは小さな酒場のマスターとその酒場へ空瓶を回収に来ていたくず屋さんの関係だったのである。当時、まだ二十六、七歳の若さであった私が特飲街で酒場をやっていたというのは今、思い出してみても不思議な気がするが、やはり、女が原因であったらしい。

当時、ある出版社から出した書き下ろし小説が当たって、しかも映画化される事になり、私には印税やら映画の原作料なんかがしこたま入って有頂天になっていた時期があった。その頃、新橋の烏森《からすもり》通りで水商売をしていた女に私は惚れていて彼女にねだられて国際マーケットで売りに出ていた小さな酒場の権利を買ったのである。惚れた女をママに据えて酒場を経営しようなどと、二十六、七歳の文学青年としては思い上がりもはなはだしく、天罰覿面《てきめん》、ものの一年もたたない内に店の経営は全く身動きつかなくなってしまった。素人商法で水商売を手がけたのだから当然の事かも知れない。

しかも、店のママに据えた私の愛人はバーテンと出来合って何カ月分かの集金を奪い、九州方面に駈落ちしてしまったのである。

口惜《くや》しいやら、悲しいやら、阿呆らしいやらで私は自棄《やけ》になり、連日、自分の店で酒びたりになった。そんな調子だからもう小説なんかとても書ける気分にはならない。ああ、もう駄目だと私は酒びたりの中で絶望的にうめき、ますます自虐的になっていった。しかし、それだけではすまない。赤字続きの店だから私はたえず金策にかけずり廻らねばならなかった。自分の生活も窮乏の一途をたどることになる。

或る年の暮れ、いよいよ行き詰まった私は街の金融業者に三十万円の借金を申し込んだ。昭和三十二、三年の三十万円は相当な大金で、大卒の初任給が一万円位の時代であった。

街の金融業者だから金利はべらぼうに高いが、店の従業員達の溜まっている給料は年末だけに何としても支払ってやらねばならない。三カ月も溜まっている家賃も年末には清算しなくてはならなかった。

ところが年の瀬になって街の金融業者は、残念ながらあなたのお店には融資しかねる、と私の借金の申し込みを断わって来たのだ。調査の結果、あなたの店は経営がずさんで信用出来ないというのである。そこの金融業者をこれまで何回も店で接待し、月末までには何とか頼むとくり返し私は融資の事を依頼していただけに頭に血が上る程、腹が立ち、電話で激しくどなりつけてやったけれど、結局はどうにもならない。

女の子やバーテン達に給料を支払う約束日は晦日になっていたが、私はその日、開店前の店に来て日のまだ明るい内から自棄酒を飲んでいた。私は心身ともに打ちひしがれた気分であった。何もかも面倒くさくなって、私はこのまま雲か水に同化してしまいたいような倒錯した気分に陥っていた。

そんな時、店の裏口からいつものくず屋さんがのっそり入って来てカウンターの下あたりに転がっているビールの空瓶や洋酒の空瓶を回収し始めた。蓬頭垢面《ほうとうこうめん》とまではいかないが、この人も相当に汚ない身なりをしていた。ボロをつぎ足したような上衣を着て、すり切れた褐色のズボン、そして地下足袋をはいていた。いかにも、といった感じなのだが、この男、将棋がかなり強いのである。

この男と私はこうして店の営業時間前に顔を合わせるとスタンドをはさんでよく将棋を指した。棋力は私と互角であって夢中になると営業時間になってもスタンドに二人ともしがみついたままで駒を動かしている事がある。

店に勤めている女の子はこの男と夢中になって将棋を指す私を見ると露骨に不快な表情を見せたものだ。いくら将棋が好きだからといっても営業時間中にくず屋さんと将棋を指すのはやめて下さい、と、私は女の子に叱られた事もあった。彼も営業時間中に店へ出入りするな、といってバーテンに追い払われた事がある。だから、私と彼は店の従業員の眼をかすめてこっそり将棋を指している感じだった。

その日も将棋好きのくず屋さんは私の顔色をうかがうようにして駒を動かす手つきを見せた。お忙しくなければ一丁、やりませんか、という合図なのである。だが、その日の私はさすがに彼と何時《いつ》ものようにいそいそと将棋を指す気分にはなれなかった。空虚な眼をぼんやり一点に向けていた私をしばらく不思議そうに見ていた彼は、それでもカウンターの下から折り畳み式の将棋盤を取り出してスタンドの上に置き、私の気を引くようにパチパチ音をさせながら駒を並べ出した。

「おい、今日は駄目だ。今、こっちは将棋どころの騒ぎじゃないんだからな」

と、私は急に男の呑気《のんき》さ加減が腹立たしくなってきて叱咤するようにいった。

私の不機嫌さに驚いて彼は私の顔を見ながら眼をパチパチさせた。

どないしはりましたんや、と魯鈍《ろどん》な関西弁で尋ねてくる彼にまだ気が立っている私は、お前さんには関係のない事だよ、早く将棋盤を片づけないか、と、吐き出すようにいった。

私の見幕におびえたように駒をあわてて片づけ出したくず屋さんが、今度はまた気の毒にも感じられてきて私は声を和らげていった。

「金の問題で今、頭を痛めているんだよ。当てにしていた三十万円が間に合わなくなって、俺、少し、気が立っているんだ」

申し訳ないな、というと彼はしばらくキョトンとした顔で苦笑する私の顔を見つめていたが、空瓶をつめこむ筈のズダ袋もそのままにしてスーと裏口から抜け出て行った。

外はどしゃぶりの雨になっていた。近くの路地の裏手にジョンという雑種犬がつながれているのだが、この犬がけたたましく吠え出した。それはくず屋さんが前を通過したという証拠であって、この雑種犬は普段、人には滅多に吠えないが、彼に対してはまるで眼の仇にしているように吠えかかるのである。それはボロ着をまとっているような彼の風体に原因があるらしい。

将棋の盤も取り片づけず、ズダ袋もそのままにしていったい、くず屋さんは雨の中になんで急に飛び出していったのか、私はわけがわからなかった。

私は彼が放置していった将棋盤に駒を並べて一人で動かしながら堂々めぐりする雑念の中に浸り切っていたが、一時間ばかりもすると、また、雑種犬のジョンがけたたましく吠え出した。彼は戻って来たのである。

ずぶ濡れになって裏口から店内に入って来た彼は足をひきずっていた。

「とうとうジョンに噛みつかれましたわ、つないであった紐が切れてたんです」

と、彼は犬に噛まれた脛《すね》のあたりに手をやりながら私に微苦笑を見せていった。

「僕は人一倍、犬が好きなんですが、犬の方はちっともこっちに好意を持ってくれよりません。眼の仇にして吠えつきよる。犬かて外見だけで人を判断するっちゅうのは何やら情けなくなりますな」

そういいながらくず屋さんはそのずぶ濡れになった身体をスタンドの椅子に坐らせた。私は、大丈夫か、と、犬に噛みつかれた傷の事を気にして彼に声をかけたが、それよりも彼が腰かけた事によってスタンドの椅子がぐっしょり濡れてしまった事が実は気がかりだった。あとで店の女の子に叱られるのがこわかったのである。

くず屋さんはボロ布で出来た上着の胴のあたりをまくり上げ、スリ切れたバンドにはさんであった新聞紙の包みを抜きとってポンとスタンドの上に置くと再び、将棋の駒を並べ始めるのだ。新聞紙の包みを見た私は彼がヤキイモを買って来たのだと判断した。こんな雨の中をわざわざイモなんぞ買いに行きやがって、少し、こいつ馬鹿か、と思いながら私は、さ、来い、といって自棄気味になり、彼と一緒に駒を並べ始めた。

すると、彼は、

「その新聞紙の中に三十万円、ありまっせ」と、せかせか駒を並べながらいった。

「はあ？」

と、私が頓狂な声を出して顔を上げると、彼は、

「あんたやったら信用出来るさかい。貸したげまっさ」

と、いうのである。

冗談だと思って、私は新聞紙の包みを解いてみたが、途端にギョッとした。その中には五千円札、千円札が無造作にぎっしりとつまっている。

「それだけあったら、落ち着いて将棋を指す気になりまっしゃろ。さ、この間の仇、討たせてもらいまっせ」

今日は俺が先手や、と気合いのこもった声を出して、くず屋さんは７六歩と角道をあけてきた。

私は呆然として彼の雨に濡れた汚ない顔を見ているだけで、駒をすぐに手にする事は出来なかった。当時の三十万円は大金で常識的に彼のすぐに自由になるような金額ではなかった。恐らく長い間、喰うものも喰わず、コツコツ溜めこんだ金だと思われる。それをあんたなら信用出来るといってポンと卓の上に置く事が出来るこの男はただものでない事はたしかだが、私はただものであるから、そんな金を受けとれるか、と彼に突っ返す事が出来ない。突然、こんな奇蹟が生じて急場が救われた事に有頂天

になってしまった事はたしかである。

私はこの男の前にひれ伏したい気持だった。急に胸がつまって声が出なくなり、くず屋さんに急場を救われた事を幸せに感じたり、くず屋さんに急場を救われた自分をみじめに感じたり、何とも複雑な気持だった。

彼は、上ずった声で胸をつまらせながら感謝の言葉を吐く私に向かって、

「あるように見えてない、ないように見えてある、ちゅうのが金というもんですわ」

といって笑った。

そして、僕の将棋は弱いように見えて本当は強いのや、と、得意そうにいった。そこまではいいのだが、あんたの将棋は強いように見えるけど、本当は弱いのや、と、いい出したので私はむっとした。

いい出したので私はむっとした。

じゃ、はっきりさせようじゃないか、という事になり、私は彼と腰を据え直して将棋を指し始めた。

——その時のくず屋さんが吉田和三郎さんである。

私は二十代のその時に吉田さんより一つの人生的感動を受け、それが立ち直るきっかけとなった事はたしかだ。

私は今でも将棋を通じて吉田さんとは親しくおつき合いいただいている。たまに芦

屋のお宅へお邪魔した時など、吉田さんは大型犬のボルゾイを連れて出迎えて下さるのだが、そんな時、私はふと三十年前、吉田さんが雑種犬のジョンに嚙まれた足を引きずりながらずぶ濡れのボロ服をまとってあの店へ入って来た事を思い出すのだ。くず屋をバカにする犬がいるのは情けない、と苦笑していった吉田さんの言葉も私は今でもはっきりと覚えている。

三十年の年月というものはお互いの環境をすっかり変えてしまったが、大して変わらないのは二人の将棋の実力である、今でも素人の三段の域を出ない。お互いにもう少し、強くなってもよさそうなものだが。

昭和33年、処女出版した『宿命の壁』（五月書房）の出版パーティで挨拶する26歳の著者。左隣は作家・野上彰氏、一人おいて川内康範氏

小説家としてデビューした当時の、著者の執筆姿。布団にもぐりこみ、寝そべって原稿用紙に向かうスタイルはその後も変わらない

第6話　頓死

二十八歳——昭和三十四年

私はその日も新橋・烏森通りにあったちっぽけな将棋クラブに入り浸り、不思議な男と将棋を指していた。

酒場の経営にも失敗し、女には裏切られ、人生に全く失望していた時期である。

こんな破滅的な日々を過ごしていていいのかとたえず反省しているのだが、平常の状態へ自分を調整しようとしても時期が来ない内は手のほどこしようがないとすぐにふてくされた気分になってしまうのだ。

昼は将棋クラブで時間をつぶし、夜になれば特飲街をうろつき廻るという日々であった。

飲んでもなかなか酔えなかった。胸の中には無数の石ころがつまっているようで自分との比重がとれず、よろめいている感じであった。

その日、将棋クラブで出逢った男が不思議だというのはまずその服装である。恐ろしい位に汚れた黒の背広に垢じみた白のワイシャツ、それにすり切れた縞ズボンをはいていた。

手合係にその男を選ばれたわけだが、一見してすぐにサンドイッチマンだと思った。彼は手に山高帽子をつかんでいた。チャップリンに扮装してサンドイッチマンをしているのだろう。別にサンドイッチマンが将棋クラブで将棋を指したっておかしくないのだが、その異様な服装は何とかならないものかと彼を横眼に見た客の表情は不快そうだったが、私は神経が疲れ切っている故か、別段、気にもならなかった。

ただ、何となく気味が悪いのは彼が顔面を白塗りにしている事である。せめて化粧ぐらいとればいいのにと思ったが、しかし、その怪奇な顔面も将棋には関係ない事である。不気味なので私は彼の顔面を見ないようにして指手をすすめる将棋盤だけを凝視していた。

将棋は彼の方が私より少し強い感じだった。彼は阪田流向い飛車で最初から威丈高にぐいぐい押してくる。顔面一杯に白化粧しているので彼の年齢ははっきりわからないが、阪田流でくる事から見るとかなりの年配者ではないかと思った。中盤に来て私はやや持ち直し、形勢は互角になった。彼はその日の五人目の対戦相手になるわけだが、その日の一番熱の入った一番になりそうだった。しかし、私は時間が気になり出した。夜の九時にこの近くの盛り場の場末にある「トミー」という酒場で友人と待合わせる事になっている。木村というプレイボーイで、彼は金持の息子であった。自称で画家という事になっているが、親の財産を当てにして無為徒食していられる結構な身分なのである。私は今夜、木村に三万円ばかり借金する事になっていた。一週間近く放浪生活して私の所持金は小銭だけになっていたのだ。

だから、私と今、将棋を指している奇妙な男が中盤の難所で長考に入ると私の気持はいら立って来た。「トミー」に現れた木村が私の姿が見当たらないので引揚げるかも知れぬと思うと気持が落ち着かなくなってくる。サンドイッチマンがようやく指したので私は早指しで駒を動かそうとしたが、ここはそう簡単に指せないと思った。次の一手で優劣がはっきりする局面なのである。こんなに力のこもった一戦を投げやりに指したくないと思った。

「あの、どうでしょうか」

と、私はたまらない気分になって顔を上げ、彼の白塗りにした奇怪な顔をおずおず見つめながらいった。

「この続きを一時間後に再開しませんか」

彼はさすがにびっくりしたような顔つきになった。一時間後といっても、それなら十時になり、この将棋クラブの閉店時間になる。

私は事情を説明して、この近くの「トミー」という店に一時間後、来てくれたなら、指し継ぎが出来るのだが、と彼にいった。

「トミー」のバーテンは将棋好きで店に折り畳み式の将棋盤を置いていた。将棋好きの客が挑むとバーテンはスタンドに将棋盤を置いて指し始める事がある。といっても、バーテンの棋力はせいぜい三級か、四級であって私とは二枚落ちの手合であった。

その店では将棋が指せる、というとサンドイッチマンは、行けたら、行きます、というい方をした。

恐らく、冗談いうな、といって怒り出すかと思ったけれど、彼は、

「このいい将棋、このままで終わらせたくありませんな。何とか結着をつけてみたいものです」

といって歯の抜けた口を開けて低く笑い、途中で席を立つ私の非礼をとがめようとはしなかった。そして、彼はすり切れた上着のポケットから手帖を出して盤上の駒の配置をエンピツで写し出すのである。

私は彼に詫びて急いで将棋クラブから出て行った。

酒場「トミー」ではもう木村が来てスタンドに坐り、友人の一人と賑やかに水割りを飲んで談笑していた。珍しく「トミー」のマスターも顔を見せてカウンターに入り、二人の相手をしていた。

「お、来たか」

と、木村は振り返って私を見ると、顎を突き出すようにして皮肉っぽく笑った。

「また、将棋屋で将棋指しとったのだろう。一体、お前は、何時になったら立ち直る気なんだ。昼間は将棋を指し、夜は盛り場を徘徊する。そんな主体性のない生活を何時まで続ける気なんだ」

木村は例によって得意げにまくし立てた。

彼が私に説法するのはいわば趣味みたいなもので、私を酒の肴にしているようなものだ。

この盛り場のはずれにある「トミー」はその頃、トリス酒場といわれていた小さなスタンド・バーであって、六坪ぐらいの広さしかなかった。場末の暗い空気がよどんで垂れこめるような何となく陰うつで薄暗い店なのだが、その夜は妙に陽気で明るく感じられた。それは木村の異様なはしゃぎ方の故かも知れないし「トミー」のマスターもまた、いい気持に酔って何時もとはうって変わって饒舌《じょうぜつ》になっているのだ。

それらの原因は木村が連れて来た客にあるようだ。

「おい、紹介しよう」

と、木村はスタンドの椅子に坐った私の手を引っ張るようにしてその客の方へ顔を向けさせた。

「俳優の高橋貞二《たかはしていじ》さんだ」

俺はこんな有名人と親しくしているのだぞ、と自慢するように木村はその若い二枚目俳優の肩に片手をからませるようにして私を見た。当時、高橋貞二は佐田啓二《さだけいじ》と並んで松竹の看板スターであった。そんな有名俳優が場末の自分の店に突然、入って来たものだからマスターが有頂天になり、精一杯にサービスするのも当然の事だろう。しかし、心瘦せている私は、ただ、無気力にその美男俳優に向かって、どうも、と挨拶しただけであった。有名スターの方も私にチラと会釈しただけですぐにマスターと女談義の続きを始め、キャッ、キャッと笑い合っていた。

彼等はスコッチの水割りをがぶのみしていた。私はトリスのダブルを飲んで、さっきの奇妙な男との将棋をぼんやり思い出していた。

酔いが廻り出すと将棋のあの指しかけの局面も脳裡から消えていった。あのサンドイッチマンと指し継ぐ約束も忘れた。サンドイッチマンの方だってあの局面のあと場所を変えて指し継ぐという事のバカらしさに気づいてあの約束など忘れたに違いないと思った。

「トミー」のマスターと木村と美男スターの間でこれから横浜へ遊びに行こうというう話が持ち上がった。今から木村の車で横浜まで飛ばそうというわけである。

大丈夫なの、あんた、かなり酔っているよ、と、「トミー」のマスターは俺が運転するという木村に声をかけたが、木村は、こんなもの酔った内に入らない、と胸をはっていった。

「おい、お前も連れて行ってやる。今夜は高橋貞二と一緒に横浜で飲み明かそう」

と木村は私の肩をたたいてわめくようにいった。

私は、ああ、酒が飲めるならどこでも行くぞ、といった気分であった。酔っ払いに運転されて交通事故にあっても別にこわいとは思わなかった。現実的な望みは一切消えて私は命にも執着を感じなくなっていた。横浜の酒場で飲み出せばまた木村は私に対し、お前は現在のルンペン的生活を恥かしいとは思わないかと得意になって嗜虐《しぎやく》的に説法するだろう。それが自虐的になってしまっている私にとってはマゾヒスティックな快感にもつながってくるのだ。

「よし、行こう」

私は木村達三人と一緒にスタンドの椅子から立上がった。

「トミー」のマスターはバーテンの一郎に、あとを頼んでマフラーを首に巻きつけたが、その時、ドアを開けてのっそり入って来た客を見ると、ギョッとした表情になった。

二枚目スターも木村も一瞬、その客を見て絶句したが、一番、驚いたのは私だった。あのチャップリンがドアの前に突っ立っているではないか。白塗りの化粧のまま、ボロの燕尾服を着て山高帽子までかぶっている。彼は私との約束を果たしに来たのだ。そんな彼に対し、これから仲間と一緒に横浜へ飲みに行く事になったので、あの約束は反故《ほご》にしてくれ、とはとても私にはいえなかった。

私は狼狽気味になって木村に事情を説明した。

「ここで将棋を指す、だって」

木村は不快そうな表情で私を見ながら吐き出すようにいった。お前は救いようのないバカだといった侮蔑の色がはっきりと木村の目に表れている。

勝手にしろ、と私にいった木村は二枚目スターとマスターを眼でうながして店の外へ出て行った。

あいつは死神にまでとりつかれているぜ、という木村の捨て科白《ぜりふ》がはっきり私の耳に聞こえた。サンドイッチマンの異様な白塗りの顔が木村にそんな印象を与えたのかも知れない。また、白化粧した彼の顔がドアの向こうからヌーと店の内側をのぞいた途端、ガラス窓をいっせいに風がたたき始めたようで、その不気味さに木村はおびえ思わず毒舌をはいたのかも知れない。

「お邪魔じゃなかったのですか」

と、白化粧の男は木村達三人が表通りの風の中に姿を消すと私の方に気弱な眼を向けていった。

「いや、そんなことはありませんよ。さ、やりましょう、さっきの続きを」

私はバーテンの一郎に折り畳み式の将棋盤を出させて店の奥にあるたった一つのボックスに坐った。将棋好きの若いバーテンは店の表の電気を消して私達の傍に坐りこみ、観戦する。

白化粧の男は手帖を広げて先程の局面にまで駒を並べた。それにしてもこの男、白化粧ぐらい洗い流してくればいいのに、と私は駒を進めながら不思議に思った。顔に大きな傷あとがあり、それを隠すための厚化粧なのかも知れない。

局面は終盤に入った。こういうのが鬼気迫る終盤戦というのでしょう、と、バーテンは身を乗り出して盤面をのぞきこんだ。

しかし、指し継いでから一時間以上もかかった大熱戦もあっけない幕切れに終わった。角で王手をかけられて、私は銀の合駒《あいごま》をしたが、同角と切られて愕然とした。即詰みではないか。桂で合駒するか、歩越しに玉を逃がせば詰みは免れていた。

頓死か、と、私がうめくようにいうと、白化粧の男も、そう、頓死ですね、と、低い声でいった。

大熱戦であっただけにこの頓死は何とも残念で、身体の力が一気に抜けていくような気分だった。

少し、飲んでいきませんか、といったが、白化粧の男は、チラと壁にかかった時計を見て、もう、おそいですから、といって腰を上げた。時間は午前一時を過ぎていた。

また、お願いしますよ、と、私は声をかけたが、彼は返事もせず、ドアをあけ、深夜の風の中に姿を消していった。

「何だか、気味の悪いおっさんですね」

若いバーテンは将棋盤を片づけながら私にいった。

私はぐったりと疲れてウイスキーの入ったコップを口に当てた。死神のような気味の悪い男と将棋を指して頓死を喰らうとは、何だか、自分の人生を象徴しているような感じで気分が悪かった。

しばらくすると急にスタンドの上の電話が鳴り出した。

バーテンは、何だ、こんな時間に、と不快な表情をして受話器をとったが、ハア、ハア、といっている内に彼の顔面から血の気が引いた。

「そ、そんな馬鹿な」

若いバーテンの眼はつり上がっている。

電話を切った途端、彼はへなへなと床の上に坐りこんでしまった。

どうしたんだ、と私が声をかけると彼は、

「木村さんの車が横浜で事故を――」

と、声を慄わせていった。

木村さんと高橋貞二さんは即死、マスターは重傷――と彼に聞かされて私は慄然《りつぜん》とした。

「やっぱり、今の男は死神ですよ。ねっ、そうじゃありませんか」

若いバーテンは急に昂奮して私に怒りをぶつけるようにわめき立てた。

「一時五分に車は事故を起したんです。あなたがあいつに頓死を喰らった時間じゃありませんか」

彼は壁の時計を指さしてまた、わめくようにいった。そして、「すぐに僕、横浜へ行って来ます」といって彼はあわてて身仕度にとりかかった。

バーテンのいう通り、今の男が死神ならば、と、私は説明のつかない不思議な気持になっていた。

(あいつはここへ俺を救いに来たようなものじゃないか)

もし、あのチャップリンがここへ将棋を指しに来なかったなら、私はあの連中と一緒に車に乗り、横浜に出かけた事になる。そして、今頃——と思うと私はぞっとして背筋が冷たくなった。急に死というものが恐ろしくなったのだ。

「こんな馬鹿な事って、あるか」

と、恐怖とわけのわからぬもどかしさにいらいらしているバーテンの顔を放心した私はキョトンとして見つめていた。

第7話　出船の港

三十二歳——昭和三十八年

三浦半島のS市にある中学校で三年間ばっかり英語教師をやったことがある。

東京で仕事に失敗するやら、女に逃げられるやら、さんざんな目にあって都落ちしなくてはならなくなり、つてを求めて三浦半島に流れつき、その土地の中学教師になったわけだが、現在では、こんな流れ者みたいな教師は、まず見当たらないだろう。その頃は、どこかで頭を打って、一種の敗残者的心境から田舎に戻って教師をするという奴がよくいたものだ。こんな輩は明るい職員室が、どうも苦手で、たいてい薄暗い用務員室なんかを溜り場にして授業の鐘が鳴っても教室へ入らず、生徒が呼びにくるまで背中を丸めて碁を打っている。

こんな連中は、いわゆる師範学校を出たような真面目なタイプではないから、教育者として不適格であることはたしかだが、生徒には評判がよかった。ろくに生徒に勉強を教えずに、むだ話をやるか自習の時間が多いので生徒の受けがよかったのである。

私なんかも、しょっちゅう生徒に自習ばかりさせて、教室の窓から、はるか東京の空を眺め、私から逃げた女を思い出し、畜生め、と舌打ちばかりくり返していた。

クラスの生徒の三分の二は父親が船乗りであった。それも遠洋漁業が多く、船出すれば、まず一年は帰ってこられない。こんな長い期間、残される妻の性的欲求不満が問題になってくる。

実際、欲求不満に耐えられず、港街の男と交接し、長い航海から戻ってきた亭主にこれが発覚して離婚騒ぎになったケースがよくあった。

哀れなのは一年ぶりに帰ってきた父親に母親を追い出されてしまった生徒であって、学校側でも、こういう問題は捨ててはおけなくなり、私たち教員は父親が遠洋漁業に出ている生徒の家庭をできるだけ訪問するよう命じられた。

生徒の母親が父親の留守中、誰かとおかしなことになっているんじゃないか、それを監視するための家庭訪問である。ところが監視するための家庭訪問をしているうち、生徒の母親とできてしまった不埒な教師が出たりして大騒ぎになりかけたこともある。

こういう問題はむずかしいもので、私たちは彼女たちのことを航海未亡人と呼んでいたが、欲求不満の航海未亡人のところへ欲求不満の若い教師なんかが家庭訪問という名目で出入りすることはむしろ逆効果、ヤブを突いて蛇を出すようなものだとやがて男性教員による家庭訪問は中止することになった。

かわって女性教員によって何々の会とかいう航海未亡人による一種の文化サークルが結成された。手芸の講習会を開いたり、郷土史研究家の講演会を開いたり、そんな勉強会を開くことによって欲求不満のイライラを緩和しようというものである。

これを企画したのは何人かの中年女性教師であって、学校の用務員室を溜り場にしている私たちはんぱ者の教師は、彼女たちに尻をたたかれるようにして講師の交渉や会場の手配などを手伝わされ、なんとなく不愉快であった。

そのうち、Tという私と同じ、落人《おちうど》型の数学教師が、こっちも一つおばはん教師に対抗して文化サークルを作らないかと、私に持ちかけてきた。

航海未亡人のためにそんなサービスまでしてやるなら、航海第二未亡人のためにもサービス機関を作ってやるべきだと彼はいうのだ。

「何ですか、その航海第二未亡人というのは」

と、私がたずねると、Tは港町の酒場に行けば航海第二未亡人は、わんさといると答えるのである。この港町には約五十軒の酒場やクラブが密集している。そこには遠洋漁業に出かける船員たちの情婦がわんさといるということらしい。

数学教師のTに連れられて私は何度か、この港町のけばけばしい酒場を飲み歩いたことがあった。Tは、もうこの土地に十年も住みついている人間だから迷路のように入りくんだ酒場街でも隅から隅までくわしく知っているし、どの店に入っても顔が売れている。

彼が気に入っている酒場は港に面した「黒船」という店で、ママは黒いドレスがよく似合う瓜ざね顔の美人であった。九州生まれらしいが色が白く、しかし、いつも酔っぱらっていてTが店に入ると、あら、シェンシェイと叫んで、いきなり彼に抱きつくのである。酔うと発音がいよいよ変になり、先生がシェンシェイになってしまうのだ。

「このママはね、そら、うちのクラスのYという生徒ね、あいつの親父の二号なんだよ」

Tは最初、私に彼女のことをそんなふうに紹介した。教師が自分の教え子の親父の二号とこんなふうに抱き合って飲んでいてもいいのかと、私は何となく気になって仕方がない。しかし、こういう港街の酒場は東京の酒場では見られない一種独得な面白さがあった。

「あそこのサンマさんにビール二本、追加」

「あっちのイワシさんにおちょうし一本、追加」

などと、ママはバーテンに向かって客の注文をがなりたてるのだが、サンマ船やイワシ船に乗っているから、客はママに魚呼ばわりされているのだ。

「あそこのコンブにワカメ酒」

などとママが叫ぶので、私がびっくりすると、コンブ採りの漁夫がワカメのお通しつきのお酒を注文したわけよと、ママは笑って私に教えてくれた。

彼女は獲る魚によって客の階級を区別しているようなところがあり、やはり、大きな魚を獲っている客は金使いがいいのでもてるようで、となると何といってもマグロ船に乗っている男が店では一番もてるということになる。彼女は私にこういった。

「そりゃマグロ船が遠洋漁業から戻ってきた時は大変よ。ほとんどこの店は借り切りで、一晩中、どんちゃか騒ぎ。サンマもイワシもアジも蹴ちらされたみたいに姿を見せないわ。だけど、何年かに一度、この港町全部が借り切られたみたいに大騒ぎになる時がある。その時はマグロも逃げ出してしまうわよ」

それは何だねと、私が聞くと、彼女はフフフと笑い、私の耳に口を当てていった。

「クジラよ」

——それから何日かたってTに誘われ、私は奇妙な貸し切りバスに乗った。

バスの中は港の酒場女たちでぎっしり埋まっている。みんな、それぞれ化粧し、きれいに着飾っているようだった。××丸がこれから一年の航海に出る。それを彼女たちは見送るわけだが、バスは船の出る桟橋には止まらない。そこは乗組員たちが家族と別れを惜しむところなのだ。

バスは桟橋からかなり離れたところにいったん停止して船の出航を待っている。バスの中の彼女たちは窓から桟橋の方を息をつめて妻や子と別れを惜しんでいる愛人の姿を捜し求めているのだ。

「ママ、そら、彼はあそこだよ」

Tは「黒船」のママを手招きして、車窓の外を指さした。和服姿でバスに乗っている彼女は窓越しに桟橋の方を見つめる。そして、握りしめたハンカチで何度も目頭を押さえているのだ。こんな形でしか愛人を見送ることができぬ彼女たちを見て私は妙に胸が熱くなった。

××丸は家族の者たちとつないだテープを切り離して出航したが、途端に貸し切りバスは走り出した。港町を走り抜け、大橋を渡り、島の南端に到着したバスから彼女たちは一せいに飛び降りる。青い海の沖合いに浮かぶ××丸からは、もうこっちに向かって布のついた長い竿が幾本も揺れ動いているのだ。

「あんたあっ」女たちは手に手にハンカチを振り、号泣し、そのあたりを飛びはね、全身を使って船を見送るのだった。

第8話　悪ガキ共

三十三歳——昭和三十九年

二十年前、私は三浦半島のある中学校の英語教師をやっていた。当時の教え子は今ではもう三十四、五歳になっていて年に一度、同窓会を開いている。その同窓会に彼等は私を強引に招待しようとするのだが、それは私にとって有難迷惑なのである。彼等にとって私はいわば恩師なのであるから、その恩師を同窓会に招待しようというのは当然の事なのだけれど、何しろこっちは現在、怪しげなポルノ小説を書く人間になってしまっているので何とも教え子の前に顔が出し難い。かつての悪ガキ共も今ではいい年のおっさんになっているので何もそんな事にこだわる必要はないと思うのだけれど、やっぱり何かうしろめたさみたいなものが感じられるのである。

第一、彼等が私を自分達の同窓会に招待しようという心情は恩師に対する謝恩の意味という普通の場合とはちょっとニュアンスが違ってくる。この間、あまりに熱心に彼等が私を誘うので久しぶりに港町に出かけ、海べの小料理屋の二階で開かれた、かつての教え子達の同窓会に出席したが、案の定、不愉快であった。昔の私の教え子達は私を取囲んで中学時代の懐かしい思い出を語り合ったのではない。彼等は私にしきりに酒をすすめながら愛染恭子《あいぞめきょうこ》の本番映画についての質問を発するのである。ポルノ小説というものはやっぱり御自分の体験をもとにしてお書きになるのですか、というような質問を発する奴もいた。かつての教え子の中の女性はほとんど人妻になっていたが、うちの主人は先生のお書きになっているどぎついポルノ小説のファンです、などといわれるとこっちはひたすら恐縮するだけだ。

この田舎町にも映画館はあり、そこでは月おくれのにっかつロマンポルノが上映されているそうだが、私の原作のものが上映される時になると彼等は誘い合わせて見に行くという。今度は『美教師地獄責め』というのが封切られるそうですが、全員期待しております、などと彼等にいわれると私は、それは、それは、どうも、と一応、礼をいうのだが、冷汗が出そうな気分になる。

だから、彼等から同窓会の招待状が来ても私はなるたけ出席出来かねると理由を作ってお断りしている。しかし、K君という、一風変わった教え子よりの特別招待がある場合は都合が許す限り顔を出す事にしている。何故、K君が一風、変わった教え子かというと、この男、土地のやくざになってしまっているのだ。だからK君は同窓生達に敬遠されて普通の同窓会にはお呼びがかからないのである。それだけに私はK君に何か憐憫の情めいたものが生じ、彼が私に逢いたがる時は出来るだけ個人的に逢う事にしている。彼がやくざの幹部になってしまった事は多少、昔の私の教育にも責任があったのではないかと思う事があるのだ。

この男は中学生時代からもう札つきの不良であって、授業中に黒板に字を書く教師の後頭部へ消しゴムの切りクズを投げつけたり、ワイセツ写真をクラスの仲間へ廻覧させたり、気に喰わない仲間と授業中にでも取っ組み合いの喧嘩を始めたり、とにかく手のつけられない悪ガキだった。私は自分の授業時間にはK君をきまって教室から追放した。お前みたいに勉強する気のない奴は他人の迷惑にならないよう外に出ていろといって、のっけから彼を運動場へ追い出したのである。実際、こいつが教室にいるとうるさくて授業が出来なかったのだ。ほうり出してもこの悪ガキは外から教室の窓に首を出し、勉強する仲間を嘲笑したり、冷やかしたりする。私が叱りつけると彼はアイスクリーム代、百円くれれば邪魔はしないと吐かすのだ。私は百円を窓の外へ投げて何度か彼にアイスクリームを喰べに行かせたものだが、それを二十年たった今でもK君ははっきり覚えていて、

「先生の気前のよさには感激しましたよ。あの時、喰べたアイスクリームのうまさは未だに忘れられない」

と、おかしな事に感激しているのだ。

K君は情婦にしゃれた酒場を経営させていて、私は何時もそこで彼に御馳走になるのだが、そんな時は大抵、彼の乾分《こぶん》みたいのがつき添っていて、何やかやと私の世話をやくのである。女を抱かせるから、今夜は泊まっていってほしい、と、彼は何度も帰ろうとする私をしつこく引きとめる。やくざになったかつての教え子はポルノ作家になったかつての恩師にいい女を世話するというのである。

「昔は色々と御手数をかけましたが、俺も何とか、一人前のいい不良になりました」

と、K君は私を歓待しながら得意そうに何時もそんないい方をするのだった。

「ま、しっかりやりなよ。命だけは大事にしなきゃいけないよ」

なるべく大きな喧嘩はおよしなさい、と、私としては彼に対し、それ位の事しかいえない。

K君みたいにやくざになってしまった教え子は昔の恩師というものに義理人情的な特殊な感情が生じるものらしい。

ガキの時、俺はこの先生に随分とお世話になったものだ、と、K君は自分の若い衆、つまり乾分達に私の事をそう語るのだが、私にはK君をお世話した覚えはまるでなかった。うるさいから何時も教室から追い出していただけで、手前みたいな奴、早く死にやがれ、と思っていただけだが、しかし、それをお世話になったとK君が嘘でも二十年たった今、感謝の言葉を吐いてくれる事は嬉しいものである。

K君は私を歓待してくれる時、きまって同窓生の内から一人だけ選んで私と同席させるのだが、この男はY君といって神奈川県警の刑事であった。中学時代からこの二人、しょっちゅう喧嘩していたが、妙な因果で今だってお互いの職業柄、しょっちゅう喧嘩しなければならない立場に立たされている。しかし、喧嘩仲間というものはまたどこかうまの合う所があって、K君は私を招待する時はY君にも必ず呼び出しをかけるのだ。

このY君も中学生の頃はK君ほどではなかったが、相当な悪ガキであった。教室の机の位置が最初はK君が前列、Y君が後列になっていて、この二人は授業中にきまって将棋を指していた。折り畳み式の将棋盤を教室に持ちこんでいたのはY君の方であったらしい。授業中にY君は机の上に盤を置き、K君は教壇の方にケツを向けてうしろのY君と将棋を指すのである。私も中学の悪ガキ時代、身に覚えのある事で大目に見ていたが、というより私もそれ程、自堕落な教師であったわけだが、真面目な先生からはこの二人、しょっちゅう出席簿でパチーンと頭をひっぱたかれていた。

　自習時間という事になると当然、この二人、あたり前の如く、いそいそと机の下に隠してあった将棋盤を取り出して早速、対局を開始する。私も時々、彼等の傍へ寄って観戦する事もあった。彼等は私が観戦するのをむしろ、喜び、身を入れて指し始めるのである。負けた方は筆箱からエンピツ一本、取り出して相手に投げつけるように渡していた。つまり、エンピツ一本を賭けているわけだが、教師が見ていても平気で賭けの受け渡しを演じるのである。棋力はY君の方が少々、上であるようだが、指しているうちに時々、Y君はK君の打った歩をひょいとひったくるように取り上げて自分の駒に加えるのである。ああ、そうか、とK君は舌打ちするだけで別に抗議らしい事はしない。何でそんな事するのかと思ったら、K君が二歩を打ち、それを見つけたY君は待ってましたとばかり分捕って自分の持駒にしてしまうわけだ。それはこの二人だけで考えついた将棋のルールであるらしい。

　お前達の将棋はカルタみたいにお手つきの罰があるわけか、といって私は笑ったが、盤上をよく見るとY君の方だって二歩を打ってる個所がある。それを指摘すると、Y君はむっとした顔をして、先生、いっちゃ駄目だよ、と私が助言した事に文句をいい、K君はその隙にY君の二歩をあわて気味に奪いとり、そこで二人は何時もの事ながら喧嘩をおっ始める事になる。あとで気づいたって駄目だ、と、Y君は叫び、二歩にあとも先もあるか、とK君はがなり立てる。最初に二歩を打った方が負けだと私が判定を下しても、最初にそれをやったY君は自分達は打った瞬間、気づいた相手がそれを奪いとるというルールを作ったのだから、今更、変えられないというおかしな理屈をこね出すのである。

やくざになったK君に招待されて私は港町の料亭に行く。仲居さんに案内されて座敷に入ると、K君とY君はそこで将棋を指しながら私の到着を待っていたようだった。二人は私に気づいてすぐに腰を上げようとしたが、とにかく、一局、すませなさい、といって私は二人を元の位置につけ、勝負を続行させた。そして、私は久しぶりにこの二人のヘボ将棋をビールを飲みながら観戦したのだが、昔と同じで、またK君は二歩を打ってY君に歩を取り上げられている。歩を抜きとられたK君はうわっと悲鳴を上げ、歩を抜きとったY君はへへへ、と歯をむき出して喜んでいた。

この二人はどちらも背広を着てネクタイをきっちり緊めているが、一人はやくざの幹部であり、一人は県警の刑事であり、そして、両人とも私のかつてのちっとも可愛くはなかったが、教え子であった。

棋力はともに四、五級程度で、悪ガキ時代からそれ程、上達したとは思われない。

Y君が勝って、将棋はめでたく終了し、仲居さん達もお酌に登場して酒宴になった。

「昔、君達、教室で将棋を指していた頃、負け過ぎた方は口惜しがって喧嘩にまで発展したものだが――」

私がそういって笑うと、そうです、教室でよくつかみ合いの喧嘩をしたものですよ、とK君もY君も私につられて笑った。

「今でも、時たま、喧嘩しますからね」

と、K君はいったが、そりゃ双方の職業柄、当然の事だろう。こういう二人に対し、私は元、担任教師として学生時代の友情を忘れずに、という事はいえない。おかしな友情を発揮されればおかしな問題が生じるかも知れないからだ。

港に近い小さな料亭で私はいい気持に酔いながらかつての教え子二人に中学校奉職時代の思い出を語り、彼等もまた、あの悪ガキ時代を懐かしげに語り出す。

料亭を出てからもこのかつての悪ガキは、もう一軒、もう一軒といって私を離さなかった。昔話って、いいですね、先生、と、K君など悦びにかられて、曲りくねった路地の中の酒場をはしごして飲み廻ろうとする。

そこまではよかったのだが、何軒目かの酒場の中でこのかつての悪ガキ二人、とうとう些細《ささい》ないい合いから喧嘩をおっ始めた。こうなるのではないかと私はさっきから恐れていたのだ。しかし、また、急にこの二人が昔の悪ガキに戻ったみたいで、何となく頼もしい気持にもなるのである。

「何だとこの野郎。いい加減にしろ。手前が若葉荘で月二回のバクチをやってる事はもうわかっているんだ。俺達をなめるなよ。近い内に必ずパクってやるからな」

「ああ、パクれるものならパクってみろ。手前らみてえなへっぽこ刑事に何が出来るってんだ。第一、やくざにおごられてタダ酒飲みやがってよく刑事面が出来たもんだ」

なんだとこの野郎、という事になって、この二人、港町の酒場通りに出てつかみ合いの喧嘩になりかけ、私はうろたえて二人の間に割って入る事になる。

「やめろっ、やめんかっ」

私は片手を振り上げて二人の頭をポカポカなぐっていた。昔、教室で喧嘩を始めたこの二人をなぐった時は、片手に黒板消しをつかんでいた事を私は酔い痺れた頭の中でふと思い出している。

中学時代の喧嘩仲間が今ではやくざと刑事に分かれてつかみ合いを演じているというのも運命の皮肉だが、その喧嘩を止めに入っている彼等の昔の恩師も今ではしがないポルノ作家――ふと、そう感じると私は必死になって彼等の昔の喧嘩を喰い止めながら、人生のおかしさを切ないばかりに感じとっていた。

相場で失敗、酒場経営にも失敗した後、昭和 37 年秋に神奈川・三浦市の三崎中の英語教師となった。前列左から 5 人目が 31 歳の著者

第9話　マグロの肉

三十六歳――昭和四十二年

妻子三人を絞殺し、横浜の運河に遺体を投げ捨てた事件があったが、野本岩男《のもといわお》容疑者はSMマニアではないか、という質問が週刊誌から私の所にあった。なんで野本がSMマニアなのか、とこちらの方からその根拠について逆に質問すると、遺体にかけられたロープの縛り方がプロ的であったというし、縛った三人の遺体を運河に投げ捨てるなど、あれはSM小説によく出てくる川に投げこむ簀巻き責めみたいなもので、その瞬間、嗜虐的な性の快感があったのではないかと聞いてくる。自分の妻と子供を絞殺したあと、ロープで縛って川へ投げこんで、果たして嗜虐的快感が味わえるかどうか、私には理解出来ない。如何に私がSM界の老ボスといえども、野本の行為は狂気の沙汰としか考えられないと答えた。

しかし、ですね、と、或るスポーツ新聞の記者は、野本は妻子を殺害した次の日は新宿に出て、ストリップ劇場でSMショーを見て、次にソープランドに入っているんですよ、といった。人間三人を絞殺したあと、SMショーを見たり、ソープランドへ出かけたり、そんな余裕が生じるという事は彼は殺人行為を犯した事によってサディスティックな血が騒ぎ、じっとしていられなくなったのではないか、というのだ。

それは、ま、理屈をつければ野本の深層心理の中に淫靡《いんび》残忍なサディストの血が渦巻いている、と考えられなくもない。普通、インテリなら十数日に渡る警察の任意取調べに対して頑強に否認出来るものではなく、私なら一日でケツを割るだろう。子供を道づれに殺害したというのは母親を殺され、父親は逮捕されるという事となって後に残される不憫さに耐え切れず、と述べたそうだが、愛人の看護婦と結婚するためには子供だって邪魔になるわけで、自供するまで時間がかかったのもそれなりの計算があったのかと思うと何とも残忍非道な男にも思われてくる。また黙っておれば、否認さえしておれば助かるという甘い計算だったとすればあまりにも幼稚過ぎているし、学業成績が優秀だった男にありがちな間抜けさ加減を露呈させている。

殺害後、SMショーを見たり、ソープランドに行くのもいいが、この世の名残りに充分、快楽してあとは自殺でもすればまだ救われたかも知れない。それが出来なかったのは二十九歳という自分の若さに未練があったのだろう。

この事件でふと思い出したのは今から三十年以上も昔に生じた銀座の美人ママ殺しであった。なんで思い出したのかというと、この犯人はEという私の友人であったからだ。

Eは人当たりもいいし、仕事は真面目で、精励で、仲間の間でも評判のいい男であった。

或る朝、突然、私の家に二人の刑事が現われた。五日前の夜、八時頃、あなたは銀座の金春《こんぱる》通りでEと逢いましたね、と、刑事は私に質問して来たのである。

刑事達は五日前、私がEと銀座通りでばったり出喰わした事の様子を微に入り細にわたってくわしく私から聞き出そうとした。

何しろその夜は私もかなり酔っ払っていたので思い出すのに苦労した。仲間達と何軒か飲み廻って別れたあと、ばったりとEに出逢ったのである。その時のEの様子は、と刑事に聞かれたが、別に普段とは変わっていなかった。久しぶりにEと出逢ったので、おい、一軒ぐらいつき合え、と、私はEの手をとった、と刑事にいった。

それから、Eと二軒ばかり酒場を廻って別れたのだが、別段、Eに変な様子はなく、かなり陽気にはしゃいでいたと私は答えた。

Eは手にビニール袋のようなものを持っていなかったか、と、刑事は聞いた。

「ああ、そういえば大きな紙バッグにビニールにくるんだものを入れてましたね。何だ、その重そうな荷物はと聞くと、今日、三崎に行ってマグロの肉を仕入れて来たといってましたが――」

と、私は答えた。二軒目の店へハシゴする時はEがかなりしんどそうになっていたので私がその重い荷物を持ってやったのだ。

そういうと刑事二人は顔を見合わせた。その荷物はどれ位の重さだったか、とか、その紙バッグの大きさなどを聞いてくる。

「とにかくずっしりした重さでしたよ。こんなにマグロの肉があるのなら、俺に少し分けてくれ、といったんですがね、いや、これはお得意様に頼まれているので今夜中にとどけなければならないんだというんです」

ハア、と刑事は奇妙な顔つきになってうなずいた。

二軒目に入った時、その荷物は店の者に預けたのですか、と、聞くから、いや、カウンターの下へ置いて私は足を乗せていましたよ、と答えた。Eがどうしても荷物を店の者に手渡そうとしないのである。

その店でもEはかなり陽気にはしゃいでいた。女の子をしきりにからかったりしていた。私の肩に手をかけて、お前もまだ若いんだから女には気をつけろよ。女はマンコ以外、信用するな、などといった。そういうEと私との言葉のやりとりなんかを刑事はメモにとっているのである。

「一体、Eは何をやったのですか」

と、私は刑事にたずねた。それにはすぐに答えず刑事は私が足を乗せていた重い紙バッグについて質問をくり返すのである。

このマグロの肉を少し切ってここで賞味させろ、と私は足で紙バッグを揺さぶりながらEにいったのだが、いや、これはお得意様用のもので目方もきまっているのだからサービスするわけにはいかないんだ、と、妙にケチるのだった。

刑事の一人は、いや、その店でマグロの肉を出させなくてよかったですよ、と、一通りの事情聴取がすんでから私にいった。

今朝の新聞をまだ御覧になっていないのですか、というので、私はあわてて玄関の郵便受けから朝刊を抜き出した。そして、びっくりした。

銀座美人ママ、バラバラ殺人事件、と三面記事の大きな見出しで、殺された銀座ママとEの顔が並列して掲載されている。

「あなたは銀座のマンションで兇行中のEと途中でばったり出逢ったんです。それで、バラバラ死体を運搬中のEと銀座の店、二軒を飲み廻っていたんですね」

マンションの風呂場でバラバラ死体にした銀座ママをEは十九歳のバーテン見習いと一緒に九回に渡って、運び出し、あっちこっちへ散乱させていたらしい。

私は死体遺棄途上のEとばったり出逢って強引に飲みに連れて行ったわけだ。

となると、あの三崎のマグロの肉だとEがいったあのビニール包みの入った紙袋は？

「あれは三回目に運び出したもので――」

と刑事は手帖に眼をやりながら、大腿骨、背骨、と骨や肉塊の部分を私に説明するのだった。

つまり、私は人間のバラバラ死体の入った紙袋をぶら下げて銀座通りを気持ちよく酔って歩いていたわけである。

呆然とした顔つきの私を見ながら刑事は、あの紙バッグを持って入った店の人にはこれはいわない方がいいと思いますね、と、気の毒そうにいった。もし、あの時、Eがトイレに入った隙にバーテンに頼んであのマグロの肉を少し削らせようとしたら、店内は大パニックになったのではないかと今、思い出してもぞっとする。

しかし、銀座のマンションで人間をバラバラに解体中のEが死体運搬中に私とばったり出逢い、疑われるのを恐れて、という理由があるにせよ、私に誘われるまま店を二軒ハシゴして飲み廻れるという糞度胸には恐れ入った。いや、度胸がすわっているというのではなく、あれはもう自分を諦めて、少しでもこの世の快楽に未練を持った人間の弱さであるのかも知れない。女は恐ろしいぞ、とあの夜にいったEの言葉が今でも忘れられない。と同時に、バラバラ死体をぶら下げて銀座を飲み廻っていた自分の間抜けさ加減が懐かしくもなってくる。

【編集部注】つくば母子殺害事件――平成六年（一九九四年）十一月、横浜市の京浜運河で母親と女児の絞殺遺体が発見され、つくば市在住の医師・野本岩男（当時二十九歳）の妻（当時三十一歳）と長女（当時二歳）と判明。長男（当時一歳）の死体も横浜港近くの海で発見された。夫である野本は多数の女性と交際し借金を抱えていたが、妻から離婚を申し入れられて逆上し、妻を絞殺。二人の子供たちも絞殺し、横浜港に遺棄した。野本は遺体遺棄の前にストリップ劇場やソープランドに出入りし、遺棄後には愛人の看護師と旅行の計画を立てていた。また、妻は夜のバイトで家計を助けていたことなどもあって、事件がより猟奇的に印象付けられることになった。平成九年、野本の無期懲役刑が確定。

第二部　中年〜老年期

第10話　思い出のたこ

四十一歳——昭和四十七年

もう二十年も昔になるが、真鶴《まなづる》の海で溺死したコメディアンのたこ八郎は一時、私の所で住込みの弟子をやっていた事がある。

それはさらに二十年近くも昔の事で、私が鬼プロという映画制作下請け会社を設立していた頃だった。

たこ八郎はやはりコメディアンの由利徹の弟子だったが、元はボクシングのフライ級チャンピオンであった。ボクサー時代から彼は引退後はコメディアンになると心にきめていたらしい。

たこ八郎と初めて出会ったのは私がテレビ局の洋画制作下請けの会社、「和光企画」に所属し、テレビ洋画の吹替え台本を書いていた頃で、彼は声優としてマネージャーに付き添われ、私の所へやって来たのだ。

たこ八郎が最初は声優であったなどというと彼を知る人は奇異に思うかも知れないが、その当時、彼は絶対に売れない芸能人であって、将来も絶対に売れそうでない芸能人なので何とかならないかと彼のマネージャーが相談に来たのである。とにかくスタジオの雰囲気にも触れさせたいからチョイ役の半分のチョイ役みたいなものでもあれば出してほしいとマネージャーはいった。

マネージャーに連れられて私の仕事場にやって来たたこ八郎を見て、私はマンガに出てくる子供のお化けみたいだと思った。しかし、彼はきちんと背広を着て蝶ネクタイをしめ、たえず気をつけの姿勢をして、ハイ、ハイ、とスポーツマンらしい快活な返事をしていた。

たこ八郎はこの時、二十五歳であった。本名は斉藤清作《さいとうせいさく》、ボクサー時代はカッパの清作といわれて打たれ強いので有名だった事は私も知っているが、あまり打たれ過ぎたのでいささか脳と言語に障害あり、つけ加えて記憶力も鈍くなっているので二行以上の科白《せりふ》はチト無理かも知れぬとマネージャーは私にこっそり耳打ちした。

オリジナル脚本なら何とかなるが、翻訳ものなんだから二行以下の科白を特別に作るわけにはいかない。ちょっとテストしてみると彼は一行の科白も無理である事がわかった。それなのにこの男、何で役者になりたがるのか、さっぱりわけがわからない。

まして、声優など、とんでもない話なのだが、何となく剽軽《ひょうきん》な彼に好感が持てるのである。

そこで私は自分が担当していた外国マンガの『恐妻天国』に彼を声優として起用してみる事にした。ただし、人間の科白ではなく、そのマンガに登場する怪獣のうめき声である。怪獣のうめき声なら一行の科白も駄目な声優でも何とかなるのではないかと私は思った。

申し訳ないが、怪獣のうめき声でよかったら、と私はたこ八郎に向かって気の毒そうにいった。マネージャーの方はうなずいてたこ八郎の肩をたたき、役者になるにはまず最初、そういうものから始めなければならない、名優の中でも昔、舞台で馬の脚をやったのは随分いると、おかしな励まし方をした。それを聞いていたたこ八郎は、ハイっと元気よく返事した。がんばります、よろしくお願いします、と彼ははずんだ声を出すと私にペコリと頭を下げた。

マンガ『恐妻天国』がスタジオで録音された日、便所の中で誰かが苦しげに吐いていると関敬六《せきけいろく》が私に告げた。関敬六がこの『恐妻天国』の主人公、フレッドを吹き替え、その相棒のバーニーは藤村俊二《ふじむらしゅんじ》が演じた。女性の声優も男便所の中で奇妙なうめき声が聞こえると気味悪そうに私にいった。皆《み》んなでのぞきにいってみるとたこ八郎が便所の奥の壁に両手を当ててしきりに身をよじり、奇妙なうめき声を洩らしているのである。それがゲロを吐いているのではなく、怪獣のうめき声を懸命になって練習していたのだ。

この日、たこ八郎がスタジオで吹きこんだ科白はウーウーとうなる怪獣のうめき声が三回ぐらいなのだが、彼はその怪獣のうめきでもかなりのNGを出した。演出者は怪獣が酔っ払ってくだをまいているように聞こえるといって顔をしかめるのである。「たこさん、ワォー、ギャ、ギャ、ウォーじゃなく、ワー、ワーか、ウーウーにして下さい」と演出者は副調整室からマイクでしきりに彼に注意していた。彼は怪獣のうめきなんぞでチョンボする自分に恥じて他の声優達に詫び続けていたが、共演者は笑いながらもたこ八郎の怪獣に挑みかかる真剣さに感動したのである。

それから一年ばかりたって私は鬼プロの事務所を作り——といっても渋谷桜丘にあるおんぼろアパートの二階だが——その頃、浅草のストリップ劇場などにチョイ役でちょくちょく出演するようになったたこ八郎を呼び寄せ、鬼プロ社員にして事務所に住みこませた。当時、私の家族は真鶴に住んでいて、週二回は私も真鶴に帰る事になっていたので渋谷の事務所に住みこみの社員が必要だった。

当時、住所不定だったたこ八郎は最適任者であったわけである。ただ、留守番のために彼を社員にしたのではない。その頃、恵通チェーンというポルノ映画の直営館数カ所に私はアトラクションの劇団を送りこむ仕事もしていたのだが、私はその一つにたこ八郎を座長にする劇団を作ってみようと考えたのだ。

ろくに科白をしゃべれないが、たこ八郎のとぼけたおかしさはユニークなもので、たこ劇団みたいなハチャメチャな劇団があっても面白いのではないかと思った。勿論、たこは小躍りして喜んだ。脚本と演出は私が手がけた。

この喜劇一座は好評だった。たこ八郎のそのたどたどしい科白廻しが笑いを引き出す源泉となり、彼が科白をとちればとちる程、客は喜ぶのである。その内にたこが舞台にのっそり姿を現すだけで客は笑い出すようになった。

新宿歌舞伎町の地球座の芝居が終わってから劇団員とよく飲みに行ったが、たこ八郎は大酔すると新聞紙を探すくせがあった。新聞紙を抱えてよろけて歩くたこが花園神社あたりにくると、先生はここへ寝て下さい、といって私のために地面に新聞紙を敷いてくれるので面喰らった事がある。自分はすぐにその近くに別の新聞紙を敷くともうごろんとその上に転がっていびきをかき出すのだ。たこは酔わない時は荒唐無稽、酔えば天衣無縫になる男だった。

当時、私は脚本の仕事に疲れると、渋谷の道玄坂を下駄ばきで歩き、百軒店《ひやつけんだな》というせせこましい飲食店街を通り抜けて小さな将棋クラブへ通っていた。ここの座主は田中政吉さんという人で胡麻塩頭の人のよさそうな五十年配の親父さんであった。

大衆酒場や大衆食堂が連なる路地の一角にあるという庶民的な小さな将棋クラブだったが、ここは真剣師達が根城にしていた。あまり眼つきのよろしくない中年男が二、三人、将棋を指すでもなく、壁端にあぐらを組み、一点を睨《にら》んでいるという感じで、彼等はカモの来るのを待っていたわけだが、最初、私は彼等をそういう人種であるのに気づかず、一局、所望すると、座主の田中さんがあわて気味に私の肩をうしろからたたいた。僕とやりましょ、といって田中さんは私を部屋の片隅の将棋盤の前に坐らせて、ああいう手合とやっちゃいけません、皆んな、セミプロですから、と、小声で私に教えながら駒を並べ始めた。

賭けなきゃ将棋を指さない連中、つまり、真剣師である、という事を田中さんに教えられて、私はもう一度、彼等の方に眼を向けてみた。やはり、真剣師らしい男が戸を開けてのっそり入って来ると彼等は何だか眼で合図し合っただけで立上がり、一緒になってスーと奥座敷の方に消えて行く。

この将棋クラブは一般道場と真剣道場との二つに分けられていたようで、田中さんはその両者の顔を立てるためかなり苦労している感じだった。真剣師が道場を占有するような事になると空気もにごって一般客は不快感から寄りつかなくなる。それがわかっているからアマ五段の棋力を持つ田中さんは一般客のサービスに努めて指導にも当たったが、一方、真剣師達にも慕われる親父さんになっていた、というのはあとでわかった事なのだが、田中さんも以前は真剣師の一人であって、彼等に対する愛情捨て難いものがあり大いに面倒を見ていたわけである。

田中さんと私の手合は角落ちだったが、とても勝てなかった。しばらく仕事に追われて将棋から遠ざかっていた私だが、急にまた将棋にとり憑かれ出し、田中さんに角落ちで勝てるまで道場通いを続けようと決心した。

何か私に急用が生じたりするとたこ八郎がその将棋道場へ私を迎えに来るようになった。そんな時、私は将棋道場のすぐ裏手にある「河」というスナックで彼を待たせる事にしていた。一局を終了させて、たこと待ち合せている店へかけつけるわけだが、もうその頃にはたこはすっかり酔っ払っていて、どういう用件だったか忘れました、などとよくいった。

その内、彼は別に私に何の用件もないのに「河」で飲みながら私が将棋道場から出てくるのを待つようになった。しまいには将棋を指す私のあとに当然のようにくっついて歩き、私が道場に入れば彼は「河」に入るというパターンとなり、へべれけに酔っ払った彼を私が引きずるようにして事務所へ連れて戻る事もあった。

どの尺度から見ても馬鹿に見えるたこだが、屁理屈をこねると一応、理屈は通る事がある。しょっちゅう泥酔状態になる彼に、少し、手前の身体の事を考えて酒をつしめ、と説教すると、碁、将棋に凝り過ぎると親の死に目に逢えないともいいますから、先生も気をつけて下さい、とやり返したりするのである。

一度、将棋道場の田中さんにすすめられて原価に近い安値で将棋の五寸盤と駒を買った事がある。品物が入ったという電話が田中さんからかかって来たのでたこに取りに行かせ、私は仕事に出かけたのだが、深夜、帰宅してみるとたこは相変わらず泥酔して寝入り、しかし、部屋の中には盤はなく、駒箱に入った駒だけが私の仕事机の上に置いてあった。

すぐにたこをたたき起して盤の事を聞いてみると帰りに近くの円山町に寄り、居酒屋を二、三軒飲み廻っている内にどこかの飲屋へ置き忘れて来たという。駒を忘れて来たというのならわかるが、五寸盤を忘れて来たというのは何とも奇怪で、私は盆でたこの頭をガンとたたいた。彼の脳天を盆でガンとたたくというのは彼の記憶を呼び起すための手段であって当時、私はこの奇妙な内弟子の頭をしょっちゅう盆でひっぱたいていた。

案の定、飲屋に盤を置き忘れたのではなく、円山町から別の馴染《なじみ》の飲屋に向かうタクシーの中に置き忘れていたわけで、どこかの飲屋の女将さんが気をきかせて、赤いしごきで将棋盤を背負えるようにたこの背中にくくりつけてくれたのだが、なんでこんな重たい物を背にかついで飲み廻らねばならないか、わけがわからなくなりタクシーの中に置き去りにしたのかも知れない。

劇団員があちこちのタクシー会社に問合わせてくれて二、三日して盤は手元に戻ったが、タクシーの運転手もこんなに大きくて重たい荷物を忘れて行かれたのは初めてだそうで相当に面喰らったようだ。

田中政吉さんはそれから間もなく亡くなられ、以後私は百軒店の将棋道場には通わなくなった。真剣師達が一斉に居すわりこむような妙な雰囲気を持つ道場になり、私も次第に不愉快になり、見切ってしまったわけだが、田中さんに指導されたおかげで将棋の面白さを再認識出来たようなものである。

序盤二段、中盤初段、終盤七級と田中さんに点をつけられた事も覚えている。あなたのような人は品の悪い将棋指しとつき合っちゃ駄目で、プロの指導を受けた方がいいと田中さんは私にいった事がある。

それで、私は田中さんのいった通りに或る人の紹介によって、プロの指導を受ける事になったが、それが有野芳人《ありのよしと》五段、当時奨励会の二級で、月に二度ばかり、たこと同棲生活を送っていたその渋谷、桜丘のアパートに来てもらう事にした。当時、十八歳の有野二級は恐ろしく背の高い美青年で、酒くさいたこが傍《そば》でうろちょろするのはこの貴公子然とした棋士に失礼だと思って将棋の稽古日には必ずたこを外へ追い出す事にしていた。

だから、私の初めて接したプロ棋士は奨励会時代の有野五段という事になる。たこがタクシーの中に置き忘れた将棋盤は後に有野二級が四段に昇段した時、彼に進呈したと思うが、榧《かや》の五寸盤という将棋盤や上質の彫上駒を初めて手にしたのもたこの同棲時代でありプロの指導を受けるべし、いい盤と駒だけは手元に置くべし、と私に指示してくれた田中政吉さんは元、真剣師でありながら私に将棋の作法も教えてくれた人のように思う事がある。

駒は時々、磨いて下さい、と有野さんには駒の手入れの方法も教わった。ところが二日ばかり仕事で部屋をあける時、たこに閑《ひま》があったら駒を磨いておけ、と、いわなくてもいい事をいってしまってあとで大いに後悔した事がある。数日して品川照二さんという将棋好きの映画監督が遊びに来て、私は早速、将棋盤の上に駒箱の駒をさらけて並べ出したのだが、駒が全部、白ちゃけてカサカサしているのでびっくりした。すぐにたこを呼んで聞いてみると一晩、風呂場の洗面器につけて石けんで洗ったという。私は頭にきてすぐに盆をつかみ、たこを追いかけ廻した。

つい、その前だって大島の着物に結ぶ私の他所《よそ》行きのしぼりの帯をたこは洗濯機の中で洗って、フニャフニャにしてしまった事もあり、私は泣き出したい思いでたこを追い廻した事もあった。お前みたいな奴はもう面倒見てやれないから出て行け、と私は頭にきて何度もたこにどなった事がある。その度にたこはしゅんとして謝るのだが、その夜少し酒が入って酔ってくると、弟子の小さなミスで腹を立てるのはまだまだ人間が出来ていない証拠です、などと何とも腹の立つ事をいい出し、また私はどなり出す事になる。

しかし、たこ八郎は決してバカではなかった。常識がはなはだしく欠如しているだけで金銭感覚などかなりしっかりしていた。自分にかかる経費は月々、いくらと計算し、それ以上、かかる時は人にたかる事ときめ、特に酒は自分が金を払って飲む事は恥としているみたいで、しっかりもしていたし、ちゃっかりもしていた。

たえず頭にきて私はたこを叱り飛ばしていたけれど、その当時、家事一切は彼が切り廻していて食事の世話から洗濯、掃除、雑用一切は彼が引受けてくれていたから、或る意味では彼は私にとって欠くべからざる人間でもあった。

真鶴にいる家内からたこは私に対する監視役もいい含められていた形勢もあった。

私が何かで腹を立て、お前みたいな奴はもう出て行け、とがなり立てるとたこは、そういわれても僕はあなたの妻に絶大なる信用がある、といったり、あの女の事は絶対に妻にいわないから堪忍してほしい、などといったりした。

監督の品川さんも事務所が渋谷にあるので週に一度は私の所へ来て将棋を指すようになったが、対局中の二人にたこは小まめにお茶とかコーヒーを出した。その点はよく気がきくと傍《はた》から眺めればいえない事はないのだが、品川さんと私は何時《いつ》も、このバカたれ、とたこのすました顔をうんざりした顔つきで睨みつけていたのだ。私は少し胃を悪くしていてコーヒーは飲まず、それはたこも承知しているのだが、彼の手によって私の方に運ばれて来たお茶はコーヒー茶碗に入っていて、品川さんの方に運ばれて来たコーヒーは湯呑みに入っているのである。わざとふざけているのではなく、そういう感覚が鈍磨《どんま》になっていて、これはもう非常識以外の何ものでもない。

食事時になって出前の注文をするのをたこは極度に嫌った。自分が料理するといって聞かない。僕は先生の健康の事を考えて栄養価値のない出前をとる事に反対するのです、とたこが殊勝な事をいうので任せていたが、たこの作ってくれるのは近くの健康食品店から買ってくる材料を使うだけだからまずくて喰えたものではない。まずい、と私が顔をしかめると舌が贅沢になっているのです、とたこは私に説教した。

恵通チェーンの芝居の打上げ会は私のアパートで行う事になっていて座員数人が集って真夜中まで酒盛りしたり、ポーカーをやったりした。たこは将棋はいくら教えても駄目だったが不思議にポーカーは強かった。もうこんなもの使いものになるか、と以前、一晩、水漬けにされた駒を私はたこの頭に投げつけたが、その白ちゃけた駒がポーカーのチップに使われていた。

そんな日、座員は私のアパートに雑魚寝《ざこね》する事になるのだが、翌日の昼飯にはたこの作るチャンコ鍋を喰わされる事になる。たこ式ごった煮といったもので座員にとっては有難迷惑で、妙に皆んな神妙な顔つきになって鍋の中身を箸で突ついていた。何が飛び出してくるかわからないチャンコ鍋で、大体、昨夜の酒盛りの喰い残りなどもほうりこまれているので気味が悪いのだ。

昨夜の喰い残しをチャンコにするのがたこの流儀で、食べものを粗末にする事を嫌う彼の性情を非難するわけにもいかない。昨夜の喰い残りのギョウザが混っているのはまだいいとしても、誰かが半分、喰いちぎったシューマイなども出てきた。何かの間違いでまぎれこんだものも多く、昨夜、ポーカーのチップとして使っていた将棋の駒が鍋の底から浮かび上がって座員一同、ギョッとした事がある。

また、夏になると私はたこ達一座を自宅のあった真鶴に招き、近くの海でよく泳いだものだ。

恵通チェーンが映画劇場のアトラクションで芝居興業するのを撤廃したのは中原《なかはら》誠《まこと》新名人誕生の年で、私は新宿、区役所通りの「宿毛」という居酒屋で将棋好きの品川さんと一杯やりながら時勢が大きく揺れ動き出した事を語り合っていた。当節のあらゆる分野における新旧勢力の交代劇は二十四歳の中原新名人誕生に象徴されているといった意味の事も語り合った。たこ一座のようなどたばた劇はもう通用しない時代になりつつあった。笑いにしても知性が加味されなければ観客も納得しなくなったわけで、その日はたこ一座の解散パーティの開かれた日でもあり、たこはすっかり落ちこんでそのあと一人でどこかへ飲みに出かけていた。

私はその居酒屋の四畳半の奥座敷で品川さんと久しぶりに将棋を指し始めたが、しばらくすると相当に酔っ払ったたこがひょっこりその場に姿を現した。前々から頭に来ているチンピラとばったり顔を合わせたので今夜、結着をつけるとたこはいうのである。そのAというチンピラはこの区役所通りから花園町にかけての小さな飲屋で相当に嫌われている札つきの不良であった。

たこの喧嘩癖は有名で私もこれまで随分と手を焼いていたが、たこ一座の座長に彼をきめてから喧嘩は一切、厳禁していた。これまで酔って喧嘩し、警察に留置される度に私は受け出しに行っていたが、今度、喧嘩すれば受け出すどころか即刻、鬼プロから追放をいい渡していた。しかし、たこ一座の解散の夜なんだから私もそんなに強い事はいえない。それに品川さんとの将棋が白熱化している最中なんだから勝手にしろと私は彼を無視して指手をすすめていた。

わざわざ彼が喧嘩する事を告げに来たのは一つの習慣であって懐中ものを私にあずけるためである。芝居の台本、それに財布の中身は小銭しか入っていないのだが、当時、彼がプラトニッククラブをしていた乱孝寿というポルノ女優の写真が入っていた。それが泥まみれになるのをたこは嫌がっていたらしい。

大丈夫ですか、と、たこが喧嘩するために店を出て行くと品川さんはそわそわして私に声をかけて来た。嚙みついて戻ってくるだけですから大丈夫ですよ、と答えて私は次の一手を考えていた。たこの喧嘩は嚙みついて相手に裂傷を負わすだけに限定されていて、なぐり倒すような事をすれば警察へしょっ引かれた時に不利となる。彼は元、ボクサーであるからボクシング的手法を用いて喧嘩をすれば凶器を使ったと見なされるのである。

三十分ばかりするとたこは、只今、といって戻って来た。将棋を指す私達の傍へ坐りこんだたこはコップ酒を注文し、皿に盛られたおでんをむしゃむしゃ喰べ始めている。どうした？　と私が聞くと、相手をすぐそこのゴールデン街の路地に沈めて来た、とたこは答えた。いきなり相手がなぐりかかって来たので嚙みつく間がなかったというのだ。相手のボディに三発ばかりパンチを入れてしまったそうである。

それなら早く逃げて帰れ、と私は駒を動かしながらいったが、たこはコップ酒のお代りなどして将棋盤の傍にどっかと腰を据え、動こうとはしない。例によって大酔してくると、一座を解散した夜にのんきにヘボ将棋指しているなんてそれでもいいのか、などとうるさく私にしゃべりかけてくる。すると間もなくパトカーのサイレンが聞こえ、店のおかみが、たこちゃん、早く裏口からお逃げよ、と座敷をのぞきこみ、早口でまくし立てた。するとたこはさすがにうろたえ、おでんの竹輪を口に咥《くわ》えて立上がり、私達の将棋盤を飛びこえて裏口へ突っ走った。しかし、裏口から飛び出て表口へ廻ってしまったたこは、かけつけて来た警官に捕まり、結果、この時、三泊四日の留置場入りとなった。

——もう二十年以上も昔の思い出になるわけだが、今でも誰かと将棋を指しているとパジャマ姿のたこが客人に、いらっしゃいまし、と声をかけてコーヒー茶碗に入ったお茶を運んで来たのをふと思い出す事がある。たこ八郎の奇行は今でも思い出して吹き出す事もあるのだ。

あの当時、たこは真鶴にあった私の家によく遊びに行っては私の子供達を連れ、海水浴に行ったものだが、その子供達も今ではすっかり成人してたこと遊んだ記憶も薄れてしまっている。

久しぶりに真鶴の海に行って来ます、と、私に電話して来た時のたこ八郎の声は妙に明るかった。真鶴はたこにとっても私にとっても忘れられない青春期の憩の場所であった。飲んでは酔い、酔っては飲み、酒にも疲れ切ってしまってふと吸い寄せられるように真鶴の海に向かい、泳ぐ力も失っていたたこは、そのまま思い出の海に沈んでしまったのだろう。たこ八郎の葬儀に出席した時の私の眼には、田中政吉さんの将棋道場に向かう私のあとについて渋谷道玄坂をよろよろ歩いて来るたこの姿がちらついて仕方がなかった。

第11話　年賀状

四十九歳——昭和五十五年

私が子供の頃、私の父に来る年賀状は数百枚はあった。子供の私に来る年賀状というのは数枚だった。親父にそれだけ年賀状が来るというのは親父はそれだけ交際範囲が広く、社会的にもえらい人間だからだと子供心に思った事もある。極道関係の人間からもかなりの年賀状が来ていた。

父は昔から相当な道楽家であって、そのため行き詰まり、一番嫌っていた会社勤めに中年過ぎてから止むを得ず入ったという人だった。

父は五十五歳、つまり、今の私の年齢で会社を停年退職したのだが、それから毎年父に配達される年賀状の数は急速に減り始めた。会社にいた頃は取引先からの年賀状が大半だったが、父が退職するとかつての取引先ももう父に年賀状を出す必要を感じなくなったのだろう。父に代わって父のポジションについた人が父に来なくなった分だけの年賀状を引き継いだ事になる。

それでも年賀状を書くのが好きな父親はかつての取引先であった会社の部長や課長に個人的な年賀状を書き送っていた。

年賀状をくれなかった人も父から年賀状を受け取るとお返しの年賀状を送ってくる。

——おはやばやと年賀の御挨拶を頂き、真に有難うございました。おくればせながら新年の御挨拶を申し上げます——

といった年賀状の返事が戻って来るのだが、何となく、しらけた挨拶に感じられるもので感じのいいものではない。父もそれを感じ、また、相手の年賀状を催促するみたいな年賀状を書くのはみじめったらしく感じ出したのか、その内、父はあまり年賀状を書かなくなった。かつての会社の取引先、会社関係の知人には絶対といっていい位に書かなくなり、年賀状を出すのは親類縁者だけにとどめたようである。それも原因して年々、父親に配達されて来る年賀状はますます少なくなっていく。

そのかわり、息子の私に来る年賀状は年々、増加していく事になる。年がたつにつれて息子は成長し、交友関係が拡がっていくわけで、私が四十歳前後になった時は数百枚の年賀状が来る事になり、六十歳を過ぎた父親に来る年賀状は数枚になっていた。

私が中学生位の時に受け取った年賀状の数とその当時、父親に来ていた年賀状の数とが立場を完全に逆転させてしまったのである。

年をとって来た父親は自分に来た数少ない年賀状を大切にしまいこむ、というより家人の眼から隠すようになった。昔、父は元日の朝、子供の私に、おい、年賀状をとって来い、といって郵便受けに走らせたものだが、老人になってからの彼は元日になると誰よりも早く起きて郵便箱に向かい、自分に来た年賀状だけをそこから選び抜き、残りは、はい、年賀状、といって息子の私の寝ている枕元に積み重ねるのである。自分に来た数少ない年賀状は私に見せず、隠してしまう父親が何となく哀れであった。去年は八枚来たが、今年は七枚しか来なかったという事を家族に覚《さと》られるのが辛かったのかも知れない。今年は七枚来たが、来年は五枚ぐらいになるかも知れぬと一人で不安がっていたのかも知れない。年々、元日を迎えるのを父親はこわがっているのではないかと私は感じた。

父に来るその数少ない年賀状の中にK・T子という女性から差出されたものが必ず混じっていた。この女性から来る年賀状は二十年間、一回の休みもなく続いている事を私は知っていた。T子という女性は家族の者は誰も知らないが、二十年前の父の愛人であった。

二十年前、彼女は父と別れてKさんという京都の果実商と結婚したが、それからも彼女は京都から父に年賀状だけは送っていた。

――謹んで、貴方様のご健勝をお祈り申し上げます――

自筆でただそれだけ書かれたものだが、晩年の父にとってそれが恋文のように感じられたのだろう。元日に父が郵便受けに真っ先にかけつけるのもK・T子の年賀状を手に入れる事が目的だったようだ。K・T子から来る年賀状は私達、家族の手に触れさせたくなかったようである。

父がいわゆる蒸発という事をやらかしたのは私が東京で仕事を始めた翌年であって、大阪の母から連絡が来て、私は急遽、父を探し出すために大阪へ戻った。

お父さん、蒸発した、と母は私に連絡して来たのだが、私は父の居場所はわかっていた。

阪急沿線の中津駅にある女の家に父は転がりこんでいるのだが、その事は東京で働いている私に父が直接、知らせて来ていた。

お母はんには内緒にしておいてや、と父は電話で私にいった。何という事をいうのかと私は腹が立ち、一体、女の家で毎日、何をしているのや、と聞くと、毎日、彼女と将棋を指している、と、呑気な事をいうのである。

私は大阪に戻ると、母には内緒で親父の隠れている中津の愛人宅を急襲する事にした。

俺は今の仕事に疲れたんや、とか、現在の隠遁生活が一番、自分に向いている、とか、父は電話で私の同情を求めるようないい方をしていたけれど、そんな勝手な事が許されるか、と私は父を叱りつけていた。

愛人宅といっても、そこは狭っ苦しい裏町のトタン屋根の続いた奥にある傾いた一軒家であった。私は裏口の方から廻って、一体、親父はこんなボロ家屋の中で何をさらしてけつかるのか、と煤《すす》だらけの窓から中をのぞきこんでみた。そして、びっくりした。父は半裸体になって、むさ苦しい部屋の中にぎっしりつまっている中古のパチンコ台を一台一台、床に運んでは釘を打ちつけているのである。

パチンコ屋から中古のパチンコ台を買いとって縁日に並べたりする子供向けのパチンコ台に改造し、テキ屋に売りさばくというのが父の愛人の商売であったらしい。彼女はテキ屋の亭主と死別したあと父と関係が生じたらしいが、父もまた呑気なもので彼女の亭主が以前やっていた商売をそのまま彼女に続けさせ、自分はそれを手伝っていたのである。自分もテキ屋の亭主になったみたいに中古のパチンコ台の釘を抜いたり、打ち替えたりする仕事を何とも楽しそうな表情でやっているのだ。父が今の隠遁生活が自分に一番向いているといったのはこれだったのかと私は呆然とした。

鼻唄まじりでコンコンとパチンコ台に釘を打ちつけている父の傍に浴衣姿に洗い髪の女が茶を運んで来たが、それが父の愛人のT子であった。彼女はぴったりと寄り添って父の肌へべとつく汗をタオルで拭ったり、一服する父の咥えた煙草に火をつけたりしている。すると父はニヤリと歯をむき出して、お前、最近、少し肥ったな、と甘ったるい声を出して彼女の尻のあたりを手でさすり、二人で急にくすぐったそうにキャッと笑い出し、それを裏口の窓からのぞきこんでいる息子の私は、アホくさくて我慢出来ず、

「おい、こら、親父」

と、いきなりどなりつけた。

父と愛人はびっくりして顔を上げた。

私に気づいた父は、何や、お前か、と、照れ臭そうに笑った。

昼間からいちゃいちゃ出来て、よろしおまんな、と、私が声をかけると、父は、お父さんをからかうものではない、などといい、ベソをかきそうな笑顔を私に見せるのである。

「ボンボン、汚ない所ですけど、どうぞ、上がっておくれやす」

彼女は懸命に平静をつくろって私に精一杯の笑顔を見せながらいった。彼女は二十

三歳の私に向かってボンボンと呼ぶのである。

彼女の年齢は三十二、三ぐらい、なかなか愛想がよく、ぽっちゃりしている所など、何となく男好きのする女なのだが、こっちはそんな事を感心しているわけにはいかない。

むずかしい顔して私はゴザが敷いてある狭い部屋に上がると彼女は私に座布団を出したり、お茶を出したりしてそわそわしながらしきりに気を遣うのだ。父の方もうろたえ気味に私に気を遣って、そや、お茶より、こいつは酒の方がええやろ、といって押入れを開けて一升瓶を取り出す。すると彼女はさっと台所に走ってコップと佃煮を皿に盛って戻ってくる。私がコップ酒を一杯、ひっかけるのを待ってから父は将棋盤を持ち出してきた。

「この女は将棋が強いんや。俺と互角で戦いよる。ま、一寸、観戦してくれ」

父は尻ごみする彼女を盤の前に坐らせ、私の前で将棋を指し出した。

父の棋力はせいぜい五級といったところだが、最初、私に将棋の手ほどきをしてくれたのは父であった。こっちは強くなって父と指すのはバカバカしく、いくら父が挑んで来ても段違いなんだからと相手にしなくなったが、今、父はようやく好敵手に恵まれたようなものである。父は彼女と夕食後、こうして将棋を指すのが唯一の楽しみだという意味の事を私にいった。見ているとたしかにいい勝負で、一手、父が駒を動かすと彼女は、あんた、待ったなしでっせ、といって、角で王手飛車をかけ、すると、父はヒャーと声を上げ——ま、そんな調子の将棋なのだが、二人とも実に楽しそうであり、幸せそうであった。

「よし、棋譜をとってやろう」

私は思う所あって父と愛人の将棋の記録係を買って出た。それは二人の思い出の一つになるかも知れぬと思ったからである。このまま二人を見逃すわけにはいかない。母のやつれた顔や弟妹の淋しげな表情、そして、親族の困り果てた顔つきを思い出すと、いくら、これが父の幸せな生活だといっても放置するわけにはいかなかった。

数日間、私は懸命になって父を説得し、半ば、おどすようにして彼女と別れる事を決心させた。

父が立ち直るまでにはかなりの期間が必要だったが、彼女が京都の果実商と結婚する事になって、ようやく父は淋しい落ち着きを得た感じになった。

時々、父は私があの日、トタン屋根の家でとってやった彼女との熱戦棋譜を見ながら将棋盤の上に駒を並べることがあった。双方、角交換してからの中飛車という珍棋譜だが、父にとっては懐かしい思い出である。

結婚する事になりましたけれど、たまには逢うて将棋指しまひょ。将棋友達やったら、かましまへんやろ、というのが父に対する彼女の最後の言葉になって、彼女と別れてもう二十年になるけれど、父は彼女と将棋を指す機会はそれから一度もなかった。

しかし、彼女からの年賀状だけは、東京の私の家に住むようになった父だが、毎年、配達されて来た。あれからもう二十年になるのだから彼女も今では五十歳を過ぎている筈だが、父の思い出の中には当時の彼女の色白のぽっちゃり顔の面影しか残っていない。あいつは餅肌で吸いつくように粘りのある女やった、と、のろけるように父は私にいう時があった。そして、また、あいつの将棋は女やけど、思い切りのええ激しい手を指しよった、といったりした。そして、また、死ぬまでにもう一ぺん、あいつと逢って将棋を指したいと遠くを見つめるような眼差しになって、つぶやくようにいったりした。

父は彼女がその後、どう変貌したか、どういう環境で暮らしているのか、知るよしもない。ただ、年賀状一本を手探りにしてお互いに生きている事をたしかめ合っているだけである。

晩年、寝たきり老人になってからの父はうわ言のように、あいつと将棋を指したい、と寝床の中でいうようになった。こんな事なら何とか京都に住む彼女に連絡して父と将棋を指させてやりたかったと私は後悔めいた思いになった。

そんな状態になっても父は京都のK・T子にだけは寝床の中で年賀状を書いた。大分、分裂してきて、謹賀新年の次の行に、おい、将棋を指そう、と書いたりした。最後は京都のK・T子に出すたった一枚の年賀状しか父は書かなくなっていた。

寝たきり老人になると、もう自分が立って郵便受けに年賀状を取りに行く事が出来ないので父は寝床の中から私に向かって、おい、年賀状、年賀状、と、やかましく催促するようになった。

私は配達された年賀状の中から父に来たものだけを選んで父の枕元に持って行くようになったが、父の年賀状を探し出す時は胸がドキドキするようになった。もし、京都のK・T子からの年賀状が来ていなかったらどうしよう、と恐ろしくなってくるのである。出来る事なら京都にまで行ってK・T子に逢い、父に差出す年賀状だけは絶やさないでほしいと頼みたい心境であった。

晩年の父に来た年賀状はたったの三枚だけであった。それだけ父が人の記憶から忘れられたという事もあるが、父を記憶する人々が死んでいく事も原因している。人の記憶というものはその人を記憶する人の死によって完全に消滅していくものだろう。人の一つの記憶、そして、一つの記憶の消滅、これは寄せては返す波のようなくり返しになっているものらしい。

或る年の暮れ、私は京都のKさんから父に来た葉書を見てギョッとした。

――亡妻の喪に服しておりますので年始の御挨拶は御遠慮申し上げます――

生きている事をたしかめ合っていた一本の紐はこれでプッツリと切れてしまったのである。

自分だけ好き放題に将棋を指しているくせになんで父親と彼女にもう一度、将棋を指させてやらなかったのか。それ位の労をどうしてとってやれなかったのかと私は急に涙がこみ上げて来た。

その翌年の元旦を待たず、私の父も他界した。

【編集部注】蒸発――いわゆる人間蒸発とは人が突然行方不明になってしまうことで、特に高度経済成長期の後半となる昭和四十年代、マジメなサラリーマンや主婦が兆候もないまま突然家出、失踪することが頻発し、社会問題化した。昭和四十二年（一九六七年）には映画『人間蒸発』（今村《いまむら》昌平《しょうへい》監督・ATG）も公開され、「蒸発」はある種のブーム、流行語となった。昭和四十九年の警察白書は、「『蒸発』といわれる動機原因不明のもの（家出人）が約九千人」としている。

第12話　フグの喰べ方教えます　　五十六歳――昭和六十二年

フグ通になると、無毒のフグより有毒のフグの方を好むのである。私もそのフグ毒に魅せられた一人で、などというと衛生局にしょっ引かれそうだが、長い期間、横浜にいた時、有毒のフグの肝をこっそり出す店と親しくなって、秋の賞味の最高はフグの肝と知るようになった。

といっても、元々、私の生まれは滋賀県であって、琵琶湖の魚ばかりを喰って育っていたから大体川魚マニアみたいなもので、川魚を喰わす料理屋をよく利用する。

鯉、鮎、うなぎ、どぜう、なんか私の大好物であって、浅草、駒形の「どぜう」なんか相撲見物した帰りにはコースになっているように必ず出かける事にしている。

ところが私は、どうも海の魚には今一つ食欲が生じない。寿司屋へ行ってもせいぜいつまむのはマグロだけである。タイやヒラメ、カツオ、それに貝類なんかも大して食指が動かない。だから、江戸っ子から見れば私は大いに田舎者であるわけだが、だけど川魚に関してはうるさい方で、関西から学生時代の仲間が来たりすれば銀座の一流のうなぎ割烹店へ連れて行く事にしている。

海の魚は性に合わないから食欲は大して生じないのだが、ところが、ただひとつフグだけは違うのである。フグはたしかに海の中でも最高といっていい位の高級魚になっていて、本来ならば私の性に合わないのだが、これだけは別格であって、これ程、日本酒にぴったり合う魚は世界の海、広しといえどもフグに及ぶ魚はいない。この魚はどんなに低級な酒でも信じられない程、うまく飲めるから不思議だ。私はフグを喰らう時は質の良いとか悪いとか選ばず、フグのヒレを乾燥させたものを熱燗にした酒に漬け、つまり、ヒレ酒にして飲むのだが、これはもう最高で、何をか言わんやである。

そして、更にフグを美味なものに感じるには少量のトラフグの肝を混ぜた方がよいという事を知ったのは今から十年ばかり前だが、これを私に教えたのは横浜の関内で酒場を経営しているTという男であった。勿論、私も最初はかなり抵抗を感じた。如何にフグが美味なものであっても、その美味さ加減を更に貪欲に追求するため、何も命まで賭ける事はないと思ったのである。同じフグでも無毒なのと有毒なのに分かれているが、無毒なのは安物フグであって、有毒なものと味わいにおいて格段の差がある。中でも本物はトラフグとか本フグとかいわれている黒皮に白いブチの入ったもので、これは最高種である。その肝は猛毒を持っているが、この肝を酒に溶いてフグ刺しに塗って喰べると、その美味たる事、心、高砂の処にさまようばかりにして、陶然と酔いを発して天地皆、果てしなく広がる心地となる。いささかオーバーな表現だが、これはこれを食した人間でなければわからない。

かといって、有毒フグの肝は普通のフグ料理屋では絶対に口に出来ない。トラフグの肝を出してくれませんか、といえば変人扱いにされるだろう。しかし、Tさんみたいに食通になると、横浜、福富町あたりのせまい横丁の片隅なんかでこっそり肝を出してくれる店を見つけ出し、私を何度か案内してくれた事があった。

無毒フグ肝を有毒フグの肝のように出すインチキ店があるが、有毒フグでなければ全く価値がないと知るべきで、無毒フグの肝なんて硬くて、生臭くて、喰えたものではない。

毒のあるのしか喰っちゃ駄目だというのはおかしないい方になるが、私の友人に蛇を好んで喰う奴がいるが、これだって喰ったってうまいのは毒のあるマムシであって、青大将や縞蛇みたいに毒のないのはまずいという。マムシの毒は咬まれたら危険だが、マムシの血や肝は栄養剤になり、フグは咬まれたって平気だが、喰えば命とりになるというのだが、毒の種類も複雑になっているものだ。

ところで、トラフグの肝はどんな味がするかというと、箸でつまんで喰ってみてもたいして美味とは思われないが紅葉《もみじ》おろしを混ぜたポン酢に酒に溶かした肝をまぶし、それをフグの皮につけたり、フグ刺しにつけたりして喰って最高になるもので、つまり、皮や刺身を肝和えにするわけで、これが酒の肴として天下一の珍味となるのだ。不思議なくらいに次から次にと酒がうまく飲めるのである。

Tさんに聞いたのだが、大体、トラフグ一匹の肝、卵巣の殺人量は十人ぐらいだから、十分の一ぐらいなら人間一人がそのまま喰べたって平気だそうである。かつて歌舞伎俳優の三津五郎《みつごろう》がフグで中毒死したが、彼はトラフグ一匹の十分の五、つまり、五人前も喰べてしまったからあえない最期を遂げた事になるそうだ。だから厚生省(現・厚生労働省)が肝は絶対に駄目というお布令を出すより一人、一匹の十分の一まで、という規制緩和にすべきだとTさんはいうのである。しかし、あれ程、酒がうまく飲めるのだから、つい、十分の一の適量ではすまなくなる事はたしかだ。一杯、一杯、もう一杯とヒレ酒を重ねている内、もう止まらなくなって肝の量も増え出し、三津五郎の二の舞いを演じる恐れも出てくる。

福富町のフグ屋が移転し、フグ肝が喰えなくなって何カ月か、淋しい思いをした。どこかのフグ料理屋に行って、一寸《ちよつと》、喰わせろ、といっても保健所からきつく申し渡されているし、廃棄するフグ肝の調査もしょっちゅう行われているので、と、断わられるのである。

ところが、その頃、馴染《なじみ》にしていた野毛の「甲羅亭」というスッポン料理店の女将が来月からうちでフグ料理を出す事になったからよろしくと家に挨拶に来た。ここの板前はこの女将の息子二人が担当しているのだが、長男の方がフグの調理師の免許を取ったというのである。ここの女将は五十年配だが気っぷのいい丸ポチャの美人で、私とは以前からの飲み友達だ。君んとこのフグ屋、特別にこっそりフグ肝を喰わせてくれないか、と、私が頼むと、別にこっそり出さなくたって堂々とお出ししますよ、と女将は何とも嬉しい事をいってくれるのだ。しかし、堂々と出しますよ、などと自信たっぷりにいわれるとこの女将、規制というものがあるのを知ってるのかと何だか不安になってくる。女将は長年、水商売をやっていて、その道のプロなんだからフグの規制を知らないという事はないが「だって、肝を出さなきゃ食通のお客さんは来なくなりますよ」というのだ。

そうだよね、十分の一位なら安全だそうだから、と、私がいうと女将は、いえ、十分の三か、四ぐらいは大丈夫だと思います、と、自信ありげにいうのである。大丈夫かな、と私はまた不安になって来た。やたらにこの女将に肝をすすめられそうな気がし、身の危険を感じ出したのである。フグ料理の開店日にはぜひいらっして下さい、私もお相伴にあずかって大いに肝を楽しみましょう、といい出し、私は一層、気味悪さを感じ始めた。とにかく「甲羅亭」のフグ料理開店日にはフグに関してはベテランのTさんを連れて行く事にした。

「甲羅亭」はどちらかといえば高級料理店であって一階水槽には最近、仕入れたらしいトラフグが十数匹、ゆうゆうと泳いでいる。黒皮に白の斑点を散らした最高の毒フグである。

二階の座敷に通されると、あでやかな和服姿の女将が私とTさんを出迎えてくれた。

黒檀のテーブルに着くと顔見知りの店長やら女将の息子の板前が挨拶のために顔を出した。この若い板前はフグの調理師免許を取得のため、浅草のフグ料理屋にしばらく見習いで働いていたそうである。彼が働いていた浅草のフグ屋でも特別の食通の客から注文を受けると、そこの親父はためらわず肝を喰わしていたという。その店で肝を喰った人は随分と見ましたが、これまで客の死亡事故は一度もなかったそうです、と板前はいった。死亡事故はなかったが、頭がおかしくなった人はいたという。もっとも店の親父にいわせると、その人はフグを喰う前から頭がおかしかったそうだ。そういう店で修業したから肝を出す分量の調整は充分出来ると彼は自慢したがっているようであった。

やがて、フグ料理が運ばれて来た。立派に装丁されたお品書き表をめくると、フグのコースは一人前、二万五千円である。大衆店ではないから、まあ、それ位の値段は当然だろう。フグ肝は別注になっているが、お品書きには、フグ肝、別注にてお承り致します、などとは書いていない。

ビールを一本にまず、ヒレ酒を二本、注文する。恰好をつける店になると、フグは酒にて食するものであるから、当店にはビールは置いてません、という所もあるが、あれは恰好のつけ過ぎで、ビールは口中を洗うものであるから、二人で一本ぐらいは最初に飲んでもいいだろう。ヒレ酒はヒレが適当に柔らかくこがしてあって真にかんばしくいい味になっていた。「ヒレ酒九十点」と、Tさんは点をつけた。Tさんは本日、フグ開店の「甲羅亭」の料理類を採点していくつもりらしい。

やがて、大皿に盛りつけられたフグ刺しが運ばれて来た。切り方はやや厚く、それだけ透明感に欠けていて、Tさんは「切り方、七十五点」と採点する。理想とするフグ刺しは切り口が薄紙のようで、大皿の模様が透けて見える位の透明度を持たねばならず、全体の盛りつけも牡丹の花が開いたように華麗なものに仕上げねばならぬとTさんはいう。その薄いフグ刺しの二、三枚にワケギ二、三本を箸でくるみ、紅葉おろしを混ぜたポン酢の中に軽く浸して口に入れ、次にヒレ酒を口に入れて酒のうまさとフグ刺しのうまさの絶妙の和合を楽しむものである。店の中には板前の腕がまずいためにフグ刺しをぶ厚く削《そ》いでいるのに薄切りより太め切りの方が高級魚を贅沢に扱っているようで威勢がよく、見ばえがするという人がいるが、とんだ心得違いである、などとTさんは板前に対する批評はなかなか辛辣だ。

「大皿に牡丹を咲かせるような板前の腕は職人的に出来ていますよ。ここの板前なんか大衆料理店で小皿にフグのブツ切りを出した方がいいんじゃないですか」

板前の姿が見えないのでTさんは勝手な悪口をいいまくっていたが、そこへ階下の客に挨拶して廻っていた女将がもうかなり酔って戻ってくる。そして、私達の卓上にフグ肝がまだ出されていない事に気づくと、客の間をかけずり廻っている仲居達に向かって声をかけた。

「ちょっと、ここのフグ肝、早く持って来てよ」

二階席にも大勢、客がつめかけているのにそんな事、大声で呼んでもいいのかと私はハラハラした。調理場から仲居がフグ肝を小皿に乗せて運んで来た。薄茶色していてタラコほどの量があり、これは一匹分の肝の半分はあるようだ。一人でこれだけ喰ったら完全に致死量になるが、Tさんと私、それに女将が加わって三人になれば何とか死から逃れられるだろう、と感じ、それにしても何でそこまで命がけになってフグを喰わねばならないのかと我が身が浅ましく思われて来た。それを女将に語ると、

「命を賭けてうまいものに挑戦するというのが食通の醍醐味というものじゃないの」

と、女将は笑って、箸を使って肝の一片をつまみ、私とTさんのポン酢の小鉢に均等に溶かすのである。Tさんはワケギにフグ刺しを巻いて肝入りポン酢の中へ浸し、口にほうりこんだが、すぐにうっとりと眼を閉ざし、一口、ヒレ酒を口に含んで、

「うーん、うまい」と、呻いた。私もそれにつられてフグ皮を肝和えにして口へ投じ、ヒレ酒を一飲みしてその天上の美味に舌鼓を打った。女将はフグ刺しにミソみたいに肝を塗りつけ、ポン酢をつけて口に入れ、

「おいしいわねえ」と、感動的にいった。

「こりゃいい肝だよ、ヒレ酒のお替わり頂こう」

と、肝をまぶしたフグ刺しをもう一片、口に入れたTさんは仲居を呼んで熱燗三本

を注文した。フグ刺しの切り方が厚過ぎると文句をこねていたTさんはその厚切りを肝和えにする事によってすっかり機嫌がよくなっている。不恰好な厚切りでも肝をまぶす事によって天の美禄と化したようだ。フグ皮にしてもフグ刺しにしても本来のさっぱりしたフグの味に微妙な濃厚さが加わって何とも形容のつかぬうまさになる。ただ、困るのはそのうまさの故で、いくらでも酒がすすむ事である。

熱燗の銚子は七、八本、卓の上に並び、三人は何時しか深酔いしてしまっているのだが、しかし、悪酔いはしないのである。フグ肝の毒は麻酔作用に有効なのかも知れない。Tさんは小皿に肝をうつし、その上に酒をたらして溶かしながらかき廻した箸の先を舐め廻し、「フグ肝は百点」と、呂律の廻らない言葉を発して上機嫌になっている。

女将がフグチリを作り出しているのを見ながら私は自分の舌が痺れ出して来たのを感じていた。これはフグ毒によるもので、これには馴れているから驚かないが、特にその夜は何だか唇の周辺が麻痺して来たような感じがする。虫歯を抜く時、歯医者に麻酔を打たれた感じで、下顎の感覚が遠ざかっていく感じだが、これは決して悪い気分のものではなく、気持よく酔って桃色の雲に乗っかっていくような何ともいえぬ爽快さなのだ。Tさんに何か語りかけたが、呂律が廻らなくなって、何を語っているのか自分でわからない。この自分で自分が痺れ切っているというのがはっきりわかっているのが、フグ毒によって幻覚症状が排除されているのである。相当に酩酊している筈なんだが、頭の中はしっかりしている。それどころか、日頃、頭の中の記憶から完全に失われている事、例えば有名な詩や名句などを急に思い出すのである。

下戸は酒の害を知れども、酒の利を知らず、上戸は酒の利を知れども、酒の毒を知らず、と言葉が出て、それが滝沢馬琴《たきざわばきん》の言葉であった事を普通なら忘れているのにはっきり思い出すのもフグ毒の効果によるものである。

ふと、気づくと、皿に置かれたフグ肝は完全になくなっていた。少量残っていたのを女将が酒に溶かしてフグチリの中へ入れてしまったのだ。フグ肝をフグチリの中へ入れると淡白な味に濃厚さが加わって白菜も青菜も見違えるようなうまさになる。おそまきながら白子が出た。

白子は雄の精巣だが、この店では生で出さず、炭火で軽く焦げ目をつけて焼いて出す。白い小さな餅のように膨らんだかんばしい白子の表皮を歯で嚙むと、白い熱い液が舌先にトロリと流れ出て来て、何しろ、これは雄の精巣だから女性客は口中に熱い、粘っこい液が流れこんで来た時、妙な事を連想して頰を赤らめると女将はいうのだが、真偽の程はわからない。ただ、この焼き白子はとにかく口中、火傷するばかりに熱いのでヒレ酒よりビールが合いそうだ。そこで最後にビールでしめくくらせるため、焼き白子は後で出すようにしているのかも知れない。

やはり、女将は心得たもので、ここからまた、客が熱燗を注文すると、つい、もう少し、フグ肝を、と彼等が甘え出すかも知れず、適当な所でビールに切りかえさせたのだ。

あとは最後の雑炊で、これにはそれ専門の仲居がつき、鍋の中のものを一切、清掃して飯を入れ、あまりかき廻さない卵を投入し、白身と黄身が分離しない半熟の状態でガスを止める。

Tさんと私は雑炊が出来るまでよだれをおしぼりで拭いながら痺れ切った舌先を動かして何やら盛んに語り合っているのだが、他人にはなにをしゃべっているのかわからないけど、フグ毒が多少廻ったおかげで本人の頭の中はしっかりしているのだ。

こんなうまいフグとこんなうまい酒が飲めて、こんな幸せな事はない、と本人達は幸福に酔い痺れて、すっかり陽気になっている。そして、調子に乗ってフグ肝を喰い過ぎず、命に別状なかった事を共に感謝し合っているのである。

貝原益軒は、酒を戒める事を随分と『養生訓《ようじようくん》』の中で書き、「多くのめば、又よく人を害する事、酒に過たる物なし」と説く一方、「少しのめば陽気を助け、愁《うれい》を去り、興を発して人に益あり」とも書いているが、あれはフグの事だけいってるような気がするのである。

大麻とか、コカインとかやる人間にどうせやるなら男らしく命を賭けて毒フグの肝をやれ、といってやりたくなる。すっかり陽気になった私とTさんとは女将に別れを告げて店を出ようとした。女将もすっかり陽気に酔っ払っている。そして、小走りになって私達の後を追って来た女将はこういった。

「一寸、さっき出した肝、定量オーバーしたようなんです。フグの毒は何時間か後にきいてくるといいますからこれからどこか飲みに行ったりせず、家へ帰って休んで下さいね。身体の具合がおかしくなったら、すぐこの店へ電話してね。——本日はどうも有難うございました」

ピンク映画製作の「鬼プロ」を設立、執筆も映画も順調だった昭和47年当時の著者。目黒に構えていた豪邸の応接間でくつろぐ

昭和48年、連日飲み歩いていた頃の著者（右）。中央は立川談志師匠、左は伝説のカストリ雑誌「裏窓」の編集長だった須磨利之氏

第13話　牡丹

五十八歳――平成元年

薄牡丹季のはやくて崩るるも　古沢太穂

数年前に新生「将棋ジャーナル」の発足パーティなるものを地元のザ・ホテルヨコハマで派手にやらかした。友人の作家、芸能人達にも来てもらって生バンドの演奏、プロの歌手まで駆り出してのどんちゃか騒ぎ――雑誌経営面で多難の折、生来、お祭り好きだとはいえ、よくそういう馬鹿騒ぎが出来たものだと私のアホさ加減は相当にかげ口たたかれた筈だと想像出来る。

実は独断によるものではなく、平田という友人に、パッとやれ、パッとやれ、と、盛んにけしかけられて思い切って決行したものだ。パッとやれ、パッと派手にやれ、と、人にけしかけるのが平田の癖であった。

平田は私の中学から大学に至るまでの友人で、いわば竹馬の友、そして、同窓生の中では事業家として最も成功した一人だといわれていた。神戸に住んでいるが、会社の支店が横浜にもあり、前ぶれもなく時々、私の家に顔を出す事がある。

「将棋ジャーナル」の経営を私が引き受けたという記事が週刊誌に出た時、神戸から電話をかけて来て、作家が経営面にたずさわって成功したためしがない、やめろ、と、忠告して来た。しかし、もう後へは引けない状態になっている事に気づくと、ほな、しゃあない、やるなら、パッと派手にやれ、派手に、といって横浜で新発足のパーティ開催をすすめたのも彼であった。

ストレスがたまったり、ふと、ノイローゼになりかけた時にこういう陽性の友人が傍にいると救われる事がある。

よし、パッとやるか、と、私はその気になったのだが、パーティを四日後にひかえた五月の四日に彼は、準備は出来たか、と例によって前ぶれもなく、ひょっこり私の家にやって来た。しばらく雑談したあと、久しぶりに花札をして遊んだ。彼は勝負事は花札しかやらない男で、碁、将棋、麻雀というのは技術が先行するが、花札はツキだけで勝てるから俺は好きなんだといった。

彼がたえず自分の今の成功はただツキによるもの、といういい方をした。その時の花札も彼はツキまくっていて、パッと派手にやれ、パッとやれ、と例の口癖を口走りながら座布団にパッ、パッと威勢よくめくった花札をたたきつけていた。

牡丹の花札が飛び散ると、ふと、彼は思い出したように、今年も俺んとこの牡丹を見に来てくれ、といった。彼の家の庭にはわずかではあるが一列に並んで牡丹が植えつけられてある。平田のような陽性で、せっかちな男が牡丹の花の幽艶な情趣を好むというのが以前から私には不思議に思われていた。

花札が終ると、彼は内ポケットから小切手帳を取り出した。何をするのかと思っていると、仕方がねえから、出資してやるよ、五百万位でいいんだろう、といって彼はその場で小切手にペンを走らせようとしたので私は驚いた。

私が将棋雑誌社を引受けるために愛刀の備前長船《びぜんおさふね》を手放したという事を人づてに聞いていたらしく、何故、俺に相談しないんだと私に説教するのである。愛刀を手放すなんて如何にも武士の商法らしく、見ちゃおられない、という。そういわれると私も腹が立って来て、斟酌《しんしやく》無用だといってその小切手をつき返す。見栄はるな、この野郎、俺は金持ちなんだ、といって彼は無理に私に小切手をつかませようとする。私は突っぱねながらも彼の友情にジーンと胸がうずいて来て、じゃ、こうしてくれ、と、頼むように彼にいった。八日のパーティの日にお祝い金としてこの小切手を金ピカの祝儀袋に包んで持って来てくれ、そうしてくれればお前からの友情として有難く頂戴する。

それで彼はようやく納得し、よし、じゃ、現金にして、パッと派手に持って来てやる、といった。

私の家から関西に帰った翌日、平田はゴルフをしている最中に心臓麻痺を起して急死した。

五月八日の新生「将棋ジャーナル」発足パーティの日が彼の告別式で私は朝、六時の新幹線に乗り、神戸で行われた告別式で友人代表の弔辞を読み、すぐに横浜に引き返して六時からのパーティに出席するというあわただしい一日となった。あまりにも突然の事で涙も出ない。豪奢な金ピカの祝儀袋に五百万円入れてパーティに出席するといった友人の告別式に薄っぺらな香典袋を持ってかけつけるなど、こんな皮肉な運命というものがあるだろうか、と私は放心状態になった。

この納得のいかない親友の死が腹立たしくもなってきて、こんな事ならあの時、小切手を受取っておけばよかった、とか、やっぱり受取らずにいてよかった、とか、そんな俗悪な事をぼんやり考えたりしていた。

あれから何日かたって、私もようやく気持が落着いて来たが、最近、平田と一緒に彼の家で見た牡丹の花が妙に眼の前にちらつくようになった。夕方、彼は懐中電灯で庭の牡丹を照らし、私に得意げに見せてくれたものだが、淡い光波にうつし出された牡丹の花は夕闇の中から朦朧《もうろう》としてその幽艶な花弁を浮立たせていた。しかし、別に手を触れるのでもないのにその重そうな花弁はあちら、こちらでポタリ、ポタリと黒い土の上にゆっくりではあるが、絶え間なく落下していくのである。これは強い光やちょっとした風に晒したならばとっくに散っていた筈だ、と平田は私にいった。

「それを人の力で無理やりにここまで盛りを保たせるんだからな、面倒な花だよ」

だが、咲いている間はやっぱり奇麗に咲いてもらわなきゃな、といって彼はまだ光沢の残っている土の上の花弁を拾い集めていた。その時の光景を思い出すと、彼はあの時、すでに自分の死を予知していたのではないか、と感じた。

あとでわかった事だけど、彼は細君にも内緒で病院の診断を受けていたという。生きている間は奇麗に生きていたいという念願を、彼はあの時、私に語りかけて来たのかも知れない。

私も初老の域に近づいて来たのか、友人達の訃報を最近、よく受取るようになった。パッと派手に、が口癖だった平田も散る時は桜ではなく牡丹の花に似ていたが、散る季節でもないのに散る牡丹の運命にも似て、人の身のはかなさ、哀れさがまた耐えられない気持になる。しかし、生きている内はやはり彼みたいにパッと派手に生きていきたいものだ。

第14話　相撲甚句

六十歳――平成三年

横浜出身の力士、鬼雷砲《きらいほう》と私は親しい間柄だが、別に私がそれ程、相撲が好きだというわけではない。お互いに横浜在で、お互いの名に鬼がつくからという事から何時の間にか昵懇《じっこん》の間柄になったわけだ。

何年か前に私がよく出入りしているちゃんこ料理屋の親父が私の所へ彼を連れて来て、一つよろしくお願いしますと紹介したのである。このちゃんこ料理屋の親父も元力士で、三段目位で引退して店を開くようになったのだが、相撲はたいした事はなかったようだが、相撲甚句の名人である。時々、無性にこの親父の相撲甚句が聞きたくなって飲み仲間を誘って彼の店へ行く事があった。

このちゃんこ料理屋の親父に初めて連れて来られた時の鬼雷砲は十両で二十二歳だった。一つよろしくお願いします、とちゃんこ料理屋の親父が私にいったのはお互いに横浜在で鬼の名のつくのも何かの御縁、一つ贔屓《ひいき》にしてやってほしい、という意味なのだ。たしかに鬼雷砲というしこ名は変わっている。昔、鬼面山《きめんざん》という力士がいたが、それ以外に鬼のつくしこ名は聞いた事がない。

鬼雷砲は美男力士で性格も温厚で、礼儀もわきまえ、私はすこぶる気に入った。一度、一緒に居酒屋で飲んでいた時、私に急に痛風の発作が生じた。足首あたりに激痛が走って歩けなくなり、しかし、私は心配する鬼雷砲に、まだ、飲み足りねえ、といった。鬼雷砲は体重七十キロの私をひょいとおんぶしてくれて次の酒場にまで運んでくれた。こういう場合、力士というのは便利である。私は象に乗っかって飲屋街を行進しているような快感を感じた。

鬼雷砲と同じ高田川部屋の十両力士、前進山《ぜんしんやま》も横浜出身で稽古のない日は二人連立って、それこそ、のっし、のっし、といった歩き方で我が家へ現れた。この二人が私の居間になっている二階へ上ってくると階段が相当に軋《きし》むので家内が気を揉み、お相撲さんは一人ずつ階段を上って下さいといった。

彼らが来ると私は外へ飲みに連れ出す前に将棋の稽古をつけてやる。二枚落なのだが、二人、束ねてかからせるのだ。それでも彼等は滅多に私には勝てない。大きな力士が二人がかりで挑んでも将棋では私に勝てないのだと思うと、これも私にとっては快感であった。

彼等はごっつあんになりに来るのだから当然、御馳走に連れて行く。大抵は馴染《なじみ》のうなぎ屋の二階で、揃ってうな重の大盛りを注文し——うな重に大盛りなんて普通ないわけだが、この場合、特別注文させてもらっている——その大盛りのうな重だけでは彼等は当然のように喰べ足りない顔をしていた。

特別に親子丼を作ってもらって、しかも、これだって大盛りで、よくまあ、喰いやがるものだと私の方はその間にお銚子二本ばかりをつけてもらってチビリ、チビリやりながら彼等の大食漢ぶりを呆れて眺めているだけだ。

力士というのは胃の調子が特別あつらえになっているのか、満腹にならないと悪酔いするなんていって酒は飲まない。鱈腹《たらふく》喰ってから、じゃ、お酒にします、といってコップ酒になり、今度は、まあ、よく飲みやがるものだとまた、こっちを呆れさせるのだ。

十両というのは将棋でいえば四段クラスなんだが、給料は三十万円位になるという。それに身の廻りの世話をする付き人というのがつく。付き人は大体、三段目位だから奨励会の初段クラスという所か。鬼雷砲には扇龍《おうぎりゅう》という小廻りのよくきく三段目の力士がついていた。帰り際に鬼雷砲の帯を結び直したり、草履を揃えたり、小まめに動き廻っていた。二十二歳といえば青年で、いわゆる青二才なんだが、関取の場合は青年という言葉がどうも一つ当てはまらない。身体が馬鹿でかくて飾り気のない心情が、もうそれだけでものをいわなくたって一種の貫禄となり、大人の方が奇妙な威圧感を感じてしまう事になる。

こういう人の三倍は喰らう力士にご馳走なんかしたりして、それでこっちに何のメリットがあるのかというと何もない。棋士なら稽古をつけてもらう事も出来るが力士に相撲の稽古をつけてもらうわけにはいかず、要するに俺はこんなでっかい力士を弟分にしているという見栄なんだ。

だが、粋だともいえなくはない。しかし、まあ、刺青愛好会の会長をつとめたり、相撲取りを贔屓にしたり、新内に凝ったり、道楽で売れもしない将棋雑誌を発刊したりして粋だとか、通だとかいわれて得意がっている奴は大抵は身代を潰して早い内にくたばってしまうものだ。野暮といわれても損するものには手を出さず、金を貯める事を考える奴が結局は成功者といわれるのである。

しかし、見栄というのも一概に軽蔑出来ない場合もある。鬼雷砲と自宅で一緒に飲んだ時、彼はガラス棚に飾ってあった細身の刀剣を眼にして、いいなあ、この刀といった。私はいわなくてもいいのに、お前が入幕を果したらくれてやる、といってしまったのだ。摂津時代の河内守色定の長刀で名刀という程のものではない。ただ、反りが優美で、一応、特別貴重刀になっているものだが、何しろ、その頃はジャーナル誌を経営する以前で、金になる原稿も書いていた頃だから惜しいとは思わなかった。

彼を励ますためにそういったわけで、酔っていた故もあったのだろう。化粧まわしだって作ってやるから入幕してみろ、などといってしまった。相撲取りと親しくなるとこういう事になってしまうから酒飲みは気をつけなければいけない。彼は大いに喜んで、がんばります、といった。

ところが、それから一年後、鬼雷砲は不調の場所が続き、十両から幕下へ滑り落ちてしまったのだ。同じく横浜出身の前進山もよほどつき合いのいい男らしく頃を同じくして十両から幕下へ転落していた。将棋でいうならC2組から奨励会へ転落したようなものだが、十両時代は三十万円もの給料が出ていたのに幕下になると奨励会員と同じで給料など全く出なくなる。三万円位の小遣い銭が支給されるだけだ。

丁度、私が「将棋ジャーナル」の経営を引き継いだ頃でこっちも経営面は苦しくあたふたとしていた頃だった。鬼雷砲の事は気になっていたが、こっちから連絡するのも気がひけてそのままにしていた。

何カ月ぶりかで鬼雷砲は私の前に姿を見せたが、見るも哀れな位にやつれて見えた。

思いなしか着ている浴衣までしぼんで薄汚く見えた。彼は幕下へ転落した事の報告に来たわけで、何時ものうなぎ屋へ連れて行こうとしたけれど、あんな、高級な店でなく、飲屋街の焼肉屋で結構です、といった。

親方やら先輩からどやしつけられ、いじめられ、部屋には居たたまれない気持になっているのではないかと想像出来る。

何時もの店に連れて行き、くよくよするな、と慰めて、うな重の大盛を喰わせたが、落ちこんでいるので何時ものように食欲は出ないのかと思っているとやっぱり、うな重の次には親子丼を喰った。しかし、喰いながら手の甲で涙を拭いているみたいだった。相撲に勝てなくなると犬よりみじめですよ、と、ひきつったような笑顔を見せた。私はもうこの力士、駄目かな、と感じると慰める言葉もなく、一人で一杯やりながらちゃんこ料理屋の親父に教わった相撲甚句を唄っていた。

相撲甚句は最初のアーののびが独特の節廻しでむつかしい。アードスコイ、ドスコイと調子をとるのである。

〽アードスコイ、ドスコイ
　当地興行も本日限りよ

勧進元や世話人衆
御見物なる皆様よ
いろいろお世話になりました
お名残惜しうは候えど
今日はお別れせにゃならぬ

唄いながら私はこれで刀剣と化粧まわしは助かったのだとほっとした気持になって飯をかきこんでいる鬼雷砲の方をそっとうかがってみる。彼は飯を喰いながら、アードスコイ、ドスコイ、と合いの手を入れ、箸を持つ手でしきりに眼をこするのだった。

それから春が過ぎ、夏が過ぎても鬼雷砲は私の前に姿を現す事はなかった。鬼雷砲が幕下から十両にようやく返り咲いたという事をちゃんこ料理屋の親父は連絡して来たが、私は、そうか、よかったな、と悦んだものの、すぐにまた、幕下へ落っこちるような気がした。そんな事をくり返している内に何時か引退する、それが彼等の青春のような気がした。

角界は今や若花田《わかはなだ》と貴花田《たかはなだ》の時代でファンの注目はこの力士兄弟にいっせいに注がれている。将棋でいうなら羽生善治《はぶよしはる》や谷川浩司《たにがわこうじ》に相当する若手なのだが、相撲と将棋とではその人気度というのは比較にならない。力士とつき合っていて痛快だなと思うのは、相撲の取口なんて全くわからない私なんかが幕下に落っこちて落ちこんでいる鬼雷砲に、先場所、テレビで見たんだが、どうも立合いがまずいんじゃないか、もっと突っ張らなきゃ駄目だよ。速攻しなきゃ駄目だ、なんてえらそうにいえる事であって、それを力士というものは素直に聞くという事である。

こんな調子で将棋の羽生なんかに、あんな所で3六歩とついちゃ駄目だ。あそこは2六歩と速攻しなきゃ、なんて事はとてもいえない。なら、相手がこういう手を指したらどうする、と忽ち反発を喰らってぐうの音も出なくなる。

鬼雷砲が十両に返り咲き、好調で、ひょっとすると入幕の可能性が出て来た、という事を彼の付き人である扇龍に聞かされた時、私は、ほんとか、と悦んだものの内心、複雑な気持だった。

まさかとは思うが、鬼雷砲がもしも入幕を果たしたら横浜からは三十年ぶりの新入幕が出たという事で、これは表彰ものだ。幕下に落ちた力士が精進して十両にカムバックするという事はあり得ても、その好調の勢いに乗って十両から幕入りを果たすという事は滅多にない事で、これは奨励会から一気にB2クラス位に突入するようなものだから、正に快挙である。

だが、もし、そうなれば私は鬼雷砲との約束を果たさなければならない。もし、入幕を果たせば河内守色定はくれてやる、といったものの、諸般の事情によって河内守は刀剣屋が引き取り、印刷屋の支払に化してしまっていた。三年前と今とではすっかり事情が変わってしまったのだ。

私はちゃんこ料理屋の親父にマス席をとってもらって友人二人と鬼雷砲の相撲を久方ぶりに見るために国技館に向かった。

茶屋の並んだ通路から浴衣にたっつけ袴をはいた男に案内されて場内に足を踏み入れると大勢の観客に取巻かれた土俵が明々とした電気の光波に浮き出されて、ワアーとした歓声、何時もながら入場した瞬間のこの光景は興奮するものだが、それにしても茶屋といい、マス席といい、この古めかしさは昔の幻灯を思い出したような物哀しさが感じられる。マスなんて知らない人から見れば、贅沢席に感じられるが、ゴミ溜めみたいなもので四人席だが、とても狭くて四人、席に入る事は出来ない。私は何時も一マスを三人で占有するが、それだってタバコ盆あり、土瓶があり、そこにまた茶屋の方から酒だの、折詰の弁当だの、ヤキトリだの、お菓子だの、おみやげだのを続々と運び入れて来るから忽ち余地がなくなって身動きが出来なくなる。

しかし、そこがまた大人のママ事遊びをやってるみたいで次第に楽しくなってくるから不思議だ。靴がどこかに行ってしまったり、ビール瓶がひっくり返って大騒ぎしたり、隣のマス席の女性と気が合って酔ってしゃべっている内に鬼雷砲の相撲が終ってしまってあわてて、勝ったか、負けたか、と仲間に聞いている始末。およそ、これ程、酔っ払い歓迎のふざけた観戦を許している競技というのは他にないだろう。

これ程、観客を甘やかしておきながら土俵上では礼儀を重んじた立合いで、シキリ直しの度に塩をまいたり、神主が立ち会っているみたいな真剣な動きを演じている。これが日本の伝統なれば歌舞伎だって昔みたいにマス席にして飲食自由という事にすればどんなに楽しいかと想像したりする。

マス席というのもあいまいで値段があって値段がないようなものであり、茶屋から出されるマス席券は一マス、十七万円の時もあれば二十万円の時もある。なんでこんなにプレミアがついてしまうのか、そこに懐疑を抱かない所がこれまた粋なのであって、このあいまいさを受容出来ないものは相撲なんかとつき合ってはいけない。

十両の鬼雷砲は十勝五敗の成績を上げ、遂に新入幕を果たした。幕下だった前進山も六勝一敗の成績でめでたく十両に返り咲き、二人、揃って私の所へ挨拶に来た。

私は久方ぶりにこの二人の力士と将棋を指した。将棋が終わってから鬼雷砲に私は河内守色定はもう手元にない事を不景気な声を出して説明した。

鬼雷砲はちゃんこ料理屋の親父に大体、事情を聞いていたようで、将棋道楽ってそんなに金のかかるものですかと同情したようないい方をした。

そう、相撲道楽の方がずっとましだ、といって、そのかわりといっては何だが、と、将棋初段の免状を連盟に申請してやろうか、というと彼は坐り直して、ごっつあんです、と嬉しそうな顔をするのである。自分の部屋に飾って仲間の者に自慢するという。

三百万円以上もする刀剣が初段の免状という一枚の紙切れに化けるわけでこっちは詐欺したみたいなうしろめたさを感じているのだが、本人は全く気にしていない。こういうあいまいさが平気なこの男も粋な奴なんだな、と感心した。

鬼雷砲と前進山の昇進祝賀会はちゃんこ料理屋の親父と相談して横浜のクリフサイドで開いた。

これは現在、私一人の力では鬼雷砲の化粧まわし代を捻出するのはとても無理なのでそのための苦肉の策だったが、二万円の会費なのに想像した以上に盛況であった。連盟からは西村一義《にしむらかずよし》理事にお越し願って席上で免状授与となったが、鬼雷砲は何ともいえぬ嬉しそうな顔して深々と頭を下げた。

談志《だんし》師匠も東京からかけつけてくれて祝福の挨拶をしてくれた。

ただ、一つチョンボしたのは私の知人に送った案内状である。あわてて書いたので印刷されたものを見て私は顔をしかめた。昇進のところが昇段になっているのである。次のように。

鬼雷砲関
前進山関　　昇段記念祝賀会

第15話　牛丼屋にて　六十二歳——平成五年

何時頃から吉野家の牛丼屋が好きになったのだろうか、はっきりわからない。初めてこの牛丼屋に入ったのは引退棋士の大友昇《おおとものぼる》九段と一緒だった事だけは覚えている。横浜、桜木町の駅前通りをところかまわず二人で飲み廻り、へべれけになって何やら妙に電灯の明るい店へ足を踏み入れたなと感じたが、それがこの牛丼屋、吉野家であった。アルバイトらしい若い店員に、ここはメシ屋か、と聞くと、ビールや酒も置いている、という。それで助かった気分になり制限時間一杯まで私達は腰を据えて飲み出した。

制限時間というのはこの店では酒類の販売は十二時までと時間を制限されているのだ。それにお一人、ビールなら三本、お酒なら三本と数量まで制限されている。この制限というのが妙に気に入って私は一人ぼっちで飲む時はこの吉野家を大いに利用する事になった。

一人、酒類は三本まで、それも十二時以後の販売は禁止というのは自分の年も考えて、これは健康管理上、非常に好ましい事である。ただし、こういう店は一人で飲みに行く所であって、仲間を招待するのはどうかと思うのである。奨励会員だって、よく、今日は吉野家でおごってやるぞ、というとあまりいい顔はしない。鬼六先生、とうとうそこまでセコくなったかと陰で悪口いうにきまっている。

この庶民に愛されている牛丼屋で一人、飲む事を覚えてからこの店はなかなか捨て難い味わいのある事を知った。ここへ出入りする人々のむき出しにした生々しい食欲を見廻しながらチビリ、チビリと酒を飲む気分はこれこそ粋人の飲み方だと感じる事がある。ここは単に人間の食欲を軽便におぎなう場所であって見栄もなければ理屈もなく、何の知識も必要としない。

それまで私は一人、静かに飲む時はホテル・ニューグランドとか、ブリーズベイホテルの酒場などで年配のバーテンを話し相手にし、オールドパーのストレートをチビリ、チビリであった。バーテンに紹介された外人の泊まり客に下手な英語で語りかけ、面白くないのにキャッキャッと笑ったりしていたが、そういうのは全く気障《きざ》で哀れな飲み方だと吉野家に出入りするようになって思い知るようになったのである。

牛丼、並四百円、大盛五百円、牛皿、並三百円、大盛四百円、おしんこ九十円、ビール四百円、お銚子三百三十円――といった風に吉野家ではあっけらかんとしたメニューが店内の壁にはりつけられてあって、私が何時も注文するのは三百円の牛皿の並と九十円のおしんこ、それからお銚子、これは制限本数の三本を最初から注文しておく、それを飲み終えたら真っすぐに家へ帰る覚悟だけはきめているのである。必ずしもうまくいくとは限らないが。

昨日も雑誌社の編集者何人かと福富町で飲み、彼等を桜木町駅まで送ったあと、一人で久方ぶりに吉野家の牛丼屋に向かった。時計を見れば十一時を少し出たばかり、飲酒可能のタイムリミットまでには間に合いそうだと急ぎ足になるが、これが吉野家一人酒の楽しさでもある。

雪でも降るのではないかと思われるような寒い日で、うなるような風の中を突き抜けて皓々《こうこう》と電気の輝く暖かい店内に入った時はほっとした気分になった。

もう十二月も半ば、吉野家の窓から見えるデパートではこの寒空の中、クリスマスの飾りつけ工事が行われていて歳末感はやはり匂い立ってくる。

例によって私は牛皿の並とおしんこ、お銚子三本を注文し、入れかわり、立ちかわりの客の動きを観察しながらチビリ、チビリと酒を飲む。やはり、歳末のせいか客の出入りは何時もより多いようだ。客種は種々雑多でサラリーマン、学生、運転手、土木作業員、安キャバレーのホステスらしい女——仲間づれで入って来ても飲酒するのは少なく、せかせかと飯をかきこんで食欲だけを満たすと小銭を出し合って割り勘で会計をすまし、寒い夜空の下へそそくさと出て行くのだ。

こうした店で通りすがりにふと見た人とはもうこれで二度と会う事もないと思うと、これもまた一期一会であって人生的な面白さを感じるものだ。

最近はやっぱり年の故なのか、かなり仕事が忙しくなって身心ともに疲労しているらしく、こうして一人でチビリ、チビリやっていても酔いの廻るのが早い。それに雑念妄想が生じて、明日までに仕上げなければならぬ仕事がうんとあるのになんでまたこんな所で一人ぽつねんとし、人が飯を喰っているのを肴にして意地汚なく飲んでいるのか、わけがわからなくなってくる。そのいいわけを口の中でぶつぶつつぶやいている自分に気づいて驚く事もあるのだ。酔っ払って何か独り言をつぶやくなど、そんな気味の悪い酔っ払いはよく見かけるもので、最初、大友九段とこの店へ入った時も眼の前に蓬頭垢面《ほうとうこうめん》のおっさんがいて一人で勝手にしゃべりまくり、呆れて見物したものだが、そんな酔っ払いの域にそろそろ近づいて来た自分に気づいて、情けなくなってくる。

こりゃいかん、と独り言の出た自分を正気づけようとあわてて首を振った時、前面に私の方を不思議そうに見ながら食事をしている親子連れらしいのに気づいた。

親子連れはまだ四十代らしいジャンパー服姿の父親に八歳と六歳位の女の子、それに五歳位の男の子という四人づれで、もう十一時を廻ったこんな深夜の牛丼屋で子供に飯を喰わすというのも奇怪な感じだ。恐らくこの親父、女房に逃げられたのではないか。幼い子供は自分が引きとり面倒を見ているものの、親父の勤務時間の都合でどうしても子供達に夕食を喰わしてやる事が出来ず、子供の腹の減り具合を調整させて、こんな深夜に親子四人で牛丼屋ののれんをくぐる――と勝手な想像が生じてくる。姉二人は弟のために店に頼んで小さな器を出してもらうとそれに自分達の丼の飯や肉を分けて盛り上げてやっている。

長女らしい八歳位の女の子は何となく林葉直子《はやしばなおこ》に似た美人型で、それにそんな年頃でありながら身体つきに不思議な色気が滲み出ているのだ。父親が煙草をジャンパーから取出すのを見たこの美貌の長女は店の奥に向かって、「すみません、灰皿をお願いします」と声をかけ、父親の世話をちゃんと見ている所など感心させられる。こういう美少女がやがて成長すればどういう境遇になるか、姉弟で父親と一緒に深夜の牛丼屋で食事をするというようなこういう少女時代を過ごしただけに、将来はその逆に華やかな幸せをつかむのではないかと空想してみたくなる。

デヴィ夫人みたいなのもいいな、いや、宮沢りえだっていいじゃないか。そんな空想を楽しんでいる時、足元に紙袋が投げ出してあるのに気づいた。さっき、今月から私の小説の担当者になったKKベストセラーズの編集者が駅前近くの菓子店で、「これ、お孫さんに」と買ってくれたもの。あけてみるとキャンディーとクッキーの詰め合わせだった。

これ姉弟で分けなさい、と、前面のスタンドに坐る女の子の方へその包みを差し出すと、彼女達はギョッとした顔で私を見つめた。「キャンディーにクッキーだよ、何もこわがる事はない、一寸早いがクリスマスプレゼントだ」と私が笑うと突然、親父が大声で、「皆《み》んな、立って」と、子供達に向かって命令口調でいったので私も驚いた。

「おじ様、どうも有難う」と親父にリードされて三人の幼児がいっせいに土間に立ってこちらへ頭を下げたのだが、こういう光景を見せられると私も年の故かどうもいけない。五歳位の男の子まで親父に椅子から抱き下ろされてペコリとこちらへ頭を下げているのを見ると、忽《たちま》ち、眼頭が熱くなってしまうんだ。

私から受取った袋の中身を引っ張り出して子供達は幸せそうに笑った。親父も改めて私に礼をいうと、自分はどこどこに住んでおります、とか、自分は何々鉄工所で溶接工をやっております、とか、聞きもしないのに私に向かって自己紹介した。自分は、自分は、という名乗り方が一寸《ちよつと》やくざっぽいが真面目人間を感じさせる。えてして、こういうタイプの男が女房に逃げられやすいのである。

この親子連れが引揚げた頃には制限本数のお銚子三本も残り少なになり、そろそろ御輿《みこし》を上げねばと気持はそうなっているんだが、何か考え事をしなくてはならない気がしてなかなか腰が上らない。そう。吉野家が気に入っているもう一つの理由は、ここでは誰にも邪魔される事なく考え事が出来る事にある。小説の筋書きなんかもお銚子三本、飲む間に考えつく事もある。ここは、大衆食堂であるから上司が部下を連れて来て、あーこりゃ、こりゃの宴会はないし、大衆酒場のような喧騒もない。メシは静かに喰うべきもの、といった風な静寂が垂れこめているのにも価値があるのだ。つい、この間、復筆宣言パーティなるものを開いたが、すると、忽ち、あちこちより注文が舞いこんだ。来年は劇場映画も製作される事になって真に有難いとは思うものの、体力がそれについていけなくなっている。世の中というものは皮肉に出来ているもので、仕事が山積してくると、それから逃れるために居酒屋へ逃げこんだり、以前よりも将棋に熱中したりする。これでは一体、何のために復筆宣言したのかわからない。

「あれ、先生じゃありませんか」といきなり横から背広姿の男に声をかけられた。男は二人連れでサラリーマンになり立てといった感じの若い連中だった。「その節はどうもでした」というのだが、私は思い出せない。K大学応援団のマネージャー石田ですよ、と彼はいった。そう、養老乃瀧で先生から宴会費をカンパしてもらったじゃないですか、と彼がいったので私はようやく思い出した。二年ばかり前だったか、当時、「将棋ジャーナル」の専属ライターであった国枝久美子と大衆居酒屋の養老乃瀧に飲みに入った時、知り合った学生である。その居酒屋の二階ではK大学応援団の何かの宴会が開かれていて、マネージャーの石田君は予算がオーバーしたとか何かで階下の店の会計と悶着を起こしていた。あとビール十本、と、石田君が頼むのに対し、店の方は、それじゃ予算が足りぬと突っぱね、金は後日、払う、と石田君がいっても店の方は聞き入れない。それを耳にして国枝が私から受け取った一万円をカンパだといって石田君に手渡したのだ。こっちはジャーナルを廃刊しようか、どうか、大事な相談を彼女としていた所で、横っちょが何だかうるさいから追っ払うつもりでカンパしてやったのだが、石田君は二階へかけ上って部員にそれを報告したらしい。突然、もの凄い足音をさせて五、六人の酔っ払った団員が階段をかけ降り、私達二人を取囲んだ。団員の中に私を知っているのがいたらしい。「先輩に対し、お礼にエールを送らせて頂きます」と団長らしいのがいった。自分達はK大学の先輩でも何でもないのだからこの店でそういう派手な事をしてもらっては困る、と私達は尻ごみしたが、彼等は聞かない。ビール十本、つけで飲ませぬこの店に対する嫌がらせの意味もあったのだろう。それにしても店の中で応援団長の両手を宙に上げての指揮のもと、フレーフレー、オニロク、には閉口した。

二年ぶりにその時の応援団部員に今度は吉野家で再会したわけだが、石田君は現在は商事会社の真面目なサラリーマンになっているらしい。あの応援団時代はボサボサ頭をしていたが、今ではスペインの闘牛士みたいな髪型でべったりポマードを塗っているみたいだった。

「へえ、先生もこういう店にいらっしゃる事があるのですか」

と、石田君は裾元をはだけさせた薄っぺらな着流し姿でだらしなく椅子に坐っている私をしげしげ見つめながらいった。吉野家のスタンドでコップ酒を握りしめながら九十円のおしんこをポリポリ齧《かじ》っている私の風態を彼は哀れっぽい眼差しで見つめている。あれから私が相当に零落したものと彼は感じたようだ。

「あの時、僕らに一万円とどけて下さった国枝さんは今、どうなさっているのですか」

「ああ、彼女は新聞社に就職がきまって、今、東京で働いているよ」

ああ、そうなんですか、そうなんですか、と、彼はあの時、彼女達と一緒に仕事した将棋雑誌はとっくに潰れてしまった事など私に聞かされると溜息をつくように何度もうなずき、何時まで続くんでしょうかね、この不況は、などといった。彼の会社も今月から残業がなくなり、タクシーのチケットなんかも発行してくれなくなったという。石田君の連れの男も自分の会社は今年は大幅にボーナスが削減されたとぼやき出した。そして、内閣批判までやらかし、コメの部分開放決定をどう思いますか、と、吉野家で何もそんな事、持ち出す必要はないと思うのだが、ウルグアイ・ラウンドの調整案受入れを正式決定するなんて僕は疑問に思うなどといい出した。大隠《たいいん》は市に隠《かく》る、といった具合で私はここへ孤独を楽しみに来ているのだが、やっぱりこうして若い連中に話しかけられたりすると、孤独から解放された悦びについ、おしゃべりを楽しみたくなってしまうから不思議だ。国内の自給を貫く事は出来ず、首相は断腸の思いで決断、なんていっても、やっぱり有難い時代でこうして吉野家に来ればいくらだって我々には牛丼を喰わせてくれるではないか。深刻な米不足といったって米不足のために閉店した食堂やすし屋が出たって話は聞かないし、そこへいくと私の青春期なんか、飯を喰わせる店なんかなく、旅行するにも米を持参しなければ旅館で食事をさせてもらえなかった。政治家の公約の極り文句は三合配給断行であったっけ。高校生の時、田舎へ米の買い出しに行き、警官に追われて米の入ったリュックサックを投げ出して逃げた事もあったが、今は何だかんだといっても良い時代で、それに馴らされてくると我々、初老の域に達した人間はあの暗い時代にふと郷愁めいたものを感じる事がある。

「あの時、お世話になったのですからここの勘定はどうか僕に任せて下さい」

と石田君はそろそろ終電車ですのでと腰を上げると同時に私にいった。ここの勘定といったってたかが知れているので私は、いいよ、いいよ、と手を振って止めたがそれでも石田君は無理に支払って、しかし、二千円でおつりが来るのでまだおごり足らないと思ったのか、おい、ここへお銚子三本、追加、と私の前の卓をたたくようにして店員に声をかけた。すみません、お一人様、三本という規定になっておりますので、と、若い店員が答えると石田君はむっとした表情になった。

俺は元、何々大学、応援団部の何々で、団長だった何々はこの店の店長とは親友だ、というような事をいってたようだが、そんな事、アルバイト店員にいったってわかる筈がない。もういいよ、もうこれ以上、飲めないのだから、とこっちは逃げ腰になって椅子から腰を上げようとしているのにこの若い二人は私の身体を椅子に押しつけるようにして離さない。こんな所で、飲ませろ、飲ませぬ、の事で喧嘩されてはやり切れないのだが、石田君は元、K大学応援団員としてこのまま引き下がっては男がすたると思ったのか強引な交渉に入り、結果、その若い店員はお銚子三本とビール三本をどかんと卓の上へ置いたので私はびっくりした。石田君は自分達二人はここで飲酒しなかったのだから、一人、三本の権利を私に譲渡した形にしたというのである。無茶だよ、君、一人でそんなに飲めるわけねえだろ、と私は顔をしかめたが、大丈夫ですよ、がんばって下さい、と、石田君はその勘定まですませて笑いながら私の肩をたたいた。学生の頃、世話になった男に思い切って礼をさせて頂いたという満足げな微笑が彼の口元に浮かんでいた。

「一つ、来年は先生がんばって下さい」

と、石田君がいうので、

「ああ、今年は貧すりゃ鈍するの一年だったからな、来年はがんばるよ」

と、答えると、

「いいえ、先生は貧しても鈍ですよ」

と、妙な事をいって彼は手を振りながら店を出て行った。

彼等が姿を消してから、貧すりゃ鈍といった私の言葉に対し、貧しても鈍という応答は一体どういう意味なのかと、彼等におごられた酒に手を出しながら考えてみる。ようやく意味がわかって私は一人で笑い出した。

鈍というのを首領《ドン》に置き代えたのだろう。お世辞にしても、貧しても首領、とはなかなかうまい事をいってくれるじゃないか。

しかし、一人で飲む時の酒はやっぱり三本が限度というもので、石田君がおごってくれたのは有難いが、四本目を空け、五本目に手を出すようになると、酔い心地も何もあったものではなく、酒にただ身を任せているという感覚があるだけ。苦痛すら生じてくる。それなら飲むのをやめればいいのだが、まだ一本残っていると思うと、そこが飲み意地の汚なさというか、たかが牛丼屋の酒であろうと無駄にはするものかと戦い抜く気持になってしまうのだ。

昭和62年に5億円かけて新築した横浜・桜木町の自宅で林葉直子・元女流王将と対局。彼女は当時20歳、女流王将戦7連覇中だった

平成10年、現在の自宅がある東京・浜田山のバーで和む著者。左端からマンガ家・みうらじゅん氏、女優・谷ナオミ氏。右は縄師・明智伝鬼氏

第16話　駑馬《どば》の会

六十三歳――平成六年

京都・西木屋町の料亭で開催された駑馬《どば》の会に出席する。

これは高校時代の剣道部の連中で作った同窓会みたいなものであって最初は騏驁《きど》の会と名づけていたが、誰かが言い出した駑馬の会が気に入って、そう名づけるようになったのだ。

騏麟《きりん》は千里を飛べども老いぬれば駑馬にも劣れり、という平家物語からとったものだが、一年に一度、開かれていたこの会も今では死亡したり、病気にかかったのが続出して開かれたり、開かれなかったりの曖昧な会になってきた。

しかし、その日はかつての我々の師範・高山健三郎先生の七十三回目の誕生日と病気回復祝いを兼ねた会で、久方ぶりに昔の仲間が顔を揃える事になった。といっても揃ったのは恩師を含めて六人という小宴で、それも皆《み》んな六十歳を過ぎてつるっ禿げやら白髪《しらが》頭ばかり、どいつもこいつも相当にじじむさくなっている。ほとんどが定年退職して、家で孫のお守《も》りばかりしているようだ。こんな連中と四十年前に裂帛《れっぱく》の気合いで竹刀をぶつけ合った事など、あれはこの世の出来事だったのか、くしゃみと一緒に入れ歯を吹き飛ばし、あわてている昔の朋輩《ほうばい》を見ていると何だか信じられないようになっている。

我五十を過ぎて自然の妙味に感嘆する、という言葉があるが、六十を過ぎれば自然に対しても情感が老朽化して妙味に感じとれなくなってくる。昔、高山先生より教わった『葉隠』にしたって六十に及び、人の老耄《ろうもう》せぬはなく、せぬと思う所がはや老耄なり、という言葉があった。

かつての朋輩たちの老耄ぶりは口では、なに、まだ、若い奴等には負けやせん、などといっているが、脳細胞が著しく減少していて健忘症的兆候がはっきり表れている。私が将棋バカである事は皆んな知っていて、酔談は何時しか、将棋界が話題になったが、酒の酔いが廻り出すと時の名人にしたって竜王にしたっていくら教えたって名前を忘れ、相変わらずの指示代名詞を用いるのだ。

「そら、何というたっけ、今の龍神だけど――」

「龍神じゃない、竜王や」

「そう、そう、あの太刀魚みたいな青年」

佐《さ》藤康光《とうやすみつ》（現・永世棋聖）という名が何度いっても覚えられないのだ。羽生善治名人に至っては、

「あの若い名人、何ちゅう名やったかな、ガラガラ蛇やないわ、そら」

ハブを思い出す前にガラガラ蛇を一旦、思い起こすというのだからやはり老耄の翳りが見え始めている。

そこへいくと私は幸せだと思う時がある。将棋はボケ防止に役立っているというだけではなく、羽生とか佐藤とか行方尚史《なめかたひさし》（現・九段）とか、こうした麒麟児と接触できる環境にあるからであって、まだ、この駑馬の会の会員になるのは早過ぎるような気がする。

恩師の高山先生はさすが武芸家であって、七十三歳の御高齢だけれど記憶力もしっかりしておられて、かつての弟子の老耄ぶりを憐れんでおられるようなゆとりが見られた。

ここで一寸、脱線して私の好きな刀剣の事について雑談させて頂くが、高山先生は剣道家ではなく、試刀術の大家であって、高校時代私達剣道部員は伊丹市にあった高山先生の自宅に通って試刀術を学んだものである。試刀術というのは剣道をやった人

なら知っている筈だが、据物斬りであって、巻藁を作って実際の刀を使って斬り手の腕を見せるものだ。将棋というものをゲーム感覚で見れば早く王様を詰ました方が勝ちであるように、剣術というものをゲーム感覚で見れば一秒でも早く相手を斬った方が勝ちである。しかし、この試刀術というのは静止しているものを斬るのだからスピードは必要はない。切断の分量に重点が置かれているわけである。つまり、刃が相手の体に触れるまでが剣術であって触れたあとは試刀術の範囲になるわけだ。将棋を学ぶのに詰将棋の鍛錬は必要であるが、詰将棋が独立性を持っているように試刀術もまた独立性を持つもので、高山先生は試刀術の達人だが、剣道は下手糞だった。あの首斬り浅右衛門は試刀術の名人であるが、剣客ではない。高山先生は自宅の庭に掲げた黒板にチョークを走らせて人の斬り方を高校生だった私達に講義してくれた。人体を斬るには刃の進行方向と刃筋、つまり刃先と棟とを結ぶ線が平行していなければうまく斬れないという講義と巻藁を使っての練習である。

当時の日本はアメリカの占領下に置かれていて、そんな人斬り講座が開かれている塾なんぞ発見されればＭＰに逮捕される事は必至である。だから私達、剣道部員は隠れキリシタンの集会場へ集まるように日が暮れてから伊丹の高山先生宅へ出かけたのである。実際の日本刀を使って巻藁を斬るのが面白くて仕方なかった。藁を斬るのは簡単なようでもこれがなかなかうまくいかない。刃物で切るには押すか引くかであるが、鋸や包丁でのんびり押し引きするのではなく、一瞬にしてバサッと斬るのだからその瞬間に刃を滑らせるコツが必要になり、力学的に刀の反りが効用を表す事になるのだ。剣術では高段者でもこの巻藁斬りをやらせると全然駄目なのがいるが、高山先生にいわせると剣術の稽古というのは竹刀でたたきっこするだけで斬るというのは別の次元だという事になる。

高山先生宅で据物斬りの稽古に使ったのは先生宅の物置に隠蔽されていた数本の軍刀であった。先生は刀剣の蒐集家でもあったが、刀は切れ味第一と見ていたようで、観賞用の名刀というものはなく、すべて利刀主義であって奇怪な刀も何本か所蔵していた。

刀剣にはナカゴ、つまり、付け根の部分に製作者の銘を入れるが、その裏に試し斬りした人の名を刻み入れたのがある。たとえば（裏）万治四年二月二十日、二つ胴落之、切手、小野勘十郎（花押）といったもので、これは小野という人が人間の胴体を二つ重ねて斬ったという証明をしているのである。

勿論、生きた人間の胴を二つ重ねて斬れる筈はなく、これは当時の死刑囚の死体を二つ重ね合わせて試し斬りしたもので、首斬り役人だったといわれる山田浅右衛門の本当の職業というのはこの試し斬りにあった。武家から頼まれて愛刀をあずかり、処刑執行日に試し斬りに使用するのである。役所から出る首斬り手数料は二分で、大体、八千円位か、しかし、武家側からは試し斬り料として二両ぐらいのチップが出たという。首を斬るだけでは価値がないわけで、胴斬りの記録を刻みこむのだが、死刑囚の死体が試し斬り用に取り引きされるわけだから浅右衛門と係りの役人との間でワイロのやりとりが相当に行われたと思われる。

二つ胴、三つ胴、四つ胴切落しの記録を刻んだ有名な大和守安定《やまとのかみやすさだ》の豪刀も現存するが、この試し銘は金象仕上げになっている立派なものがある。山田浅右衛門の試し銘が入った刀剣を高山先生宅で見せられた時、若い剣道部員は思わず緊張して息を呑んだ事を思い出す。

私が刀剣に魅せられたのはこの試刀術を習った頃からだが、試し銘のある刀剣は遂に手に入れる事は出来なかった。「将棋ジャーナル」の赤字埋めで刀剣類は全部、手放してしまったけれど、もし、試し銘のある刀剣を所持していたら絶対に手放しはしなかったろう。と、その酒席でも私はかつての仲間に語った。

しかし、私はもう歳の故か、浅右衛門とか打首とか、二段、三段胴斬りとか、そんな殺伐とした話はどうも苦手になってきた。熟年とか老熟するという事はロマンティックになっていく事であって、若い時のあのリアリズムから発した試刀術の力学論をかつての朋輩と語り合うのも何やら空しい気がしてくる。

行方やら伊藤能やら、この間、女流に負けやがったけれど、豊川孝弘《とよかわたかひろ》（現・七段）やら飯塚祐紀《いいづかひろき》（現・七段）やら、そんな若手棋士の中に入ってワイワイやっている自分が時々、幸せに感じるのは若い潑剌とした草や木の生い茂る中に浸っておられるという恩恵を感じるからだ。


高山先生がまた打首作法について語り出す。罪人を打首するのは介添人に手伝わせて首を前に突き出させて斬り落とすが、切腹の介添人は首を斬り落としてはならぬ。首の皮一枚を残して斬り、首の重みで上体を前に倒さねばならぬ。そうしなければ正座から仰臥位に倒れ、血が四散して検視役に見苦しい場面を見せる事になる。など、昔から何度も見せられていた切腹介錯人作法をまた演じようとしてフラフラ立ち上がろうとするので「ま、先生、試刀術の話はそれ位にしときまひょ」と、私はあわてて高山先生に手をかけ、席へ膝をつかせた。

私はますます浮世離れしそうになっている連中に対し、話題を再び将棋に戻した。

羽生二十三歳、五冠王。年収はその若さで一億円以上、凄いだろう、といえば、凄いな、と、おじん連中はうなった。将棋といえばこの連中にとっては何だか絵空事みたいなものに思われるのだろう。今の若手に試刀術とか、切腹とか介錯なんていっても絵空事にしか感じられないのと一緒で、それにしても二十三歳でそんなに栄光の座を獲得できる場合があるとは凄過ぎる青春だな、と誰かがいった。

二十三歳の頃、我々は何をしていたか、という事が次に話題になったが、はっきり覚えている者は、一人もいなかった。剣道とは高校卒業と同時に無縁となり、あとは大学に行く者、就職する者、当時の剣友はてんでバラバラになってしまったが、二十三歳頃というと、アルサロ通いを始めたとか、学費を稼ぐためにバクチを覚えたとか、恥ずべき思い出しか残っていない。一人が俺の二十三歳は悲哀と苦痛に満ち煩悶とは何かを覚《さと》ったと急に文学的な言葉を吐くから、どうした、と聞くと、二十三歳にして飛田遊郭に初めて上り、淋病をうつされた、という。アホか、お前は、と仲間達が笑った時、高山先生が、

「俺の二十三歳は忘れようとしても絶対に忘れられぬ思い出がある」

と、髭を撫でながらいった。高山先生は将棋の升田幸三《ますだこうぞう》先生の風貌とどこか似かよっている所があり、私は好きなんだが、武芸家の故か、右翼的傾向が強すぎる所がある。試刀術を教わっていた者も稽古が終わると必ず君が代を合唱させられ、帰宅を許

されていた。

だから、彼の思い出に残る二十三歳というのは初めて敵の首を斬った時の事だろうと誰しも想像した。彼は陸軍上等兵だったそうで捕虜の首を随分と斬ったという事を自慢げに話すのだが、よくそれでB級戦犯に指名されなかったものだと私達は不思議に感じていたのである。

赤道直下の太平洋にポッカリ浮かんだ二十三歳の思い出は終生、忘れない、と高山先生は重々しい声でいった。

何の事かと聞き直してみると、つまり、高山先生は特殊部隊の分遣隊として西部ジャワに向かう途中、乗った輸送船が敵潜水艦の魚雷を受けて、転覆、南海のどまん中に救命具一つでポッカリ浮かんでいた事をいっているのである。

「人間の運命とはわからないものだな。輸送船は戦車や機銃のような輸送機材は甲板に置き、人間は下士官に至るまで船底で寝るんだ。赤道直下の熱さに耐え切れず俺は真夜中だったが、甲板に出て一服やっていた時、だしぬけに魚雷にドカンとやられた」

甲板に乗っかっていた連中は下士官の命令で船が傾きかけるのと同時に救命具をつけて海中に飛び込み、即死は免れたが、船底で眠っていた二百人ばかりの将兵は撃沈された船につき合って海中に呑み込まれて絶望。二十三歳の高山先生は中年の海軍下士官の指示に従って十人ばかりが一団となり、円陣を組んで三日三晩、南海上にプカプカ浮かんでいたという。

高山先生がその時、自分は二十三歳と十カ月何日目だったとはっきり覚えていたのは生死の境をさまよう中でその恐怖と孤独感から逃れるために自分のこれまでの生存日数を計算していたからだ。一緒に浮き漂うベテランの海軍下士官は、体力の消耗を防ぐために仲間同士の会話は声を立てずにやれと命じた。

死の恐怖と暗い孤独感、恐らくこれで海の藻屑になる事を観念しながら海上にプカプカ浮かび続ける事はよほどの精神力がないと発狂する事になる。実際、そうなった者も出たそうで、高山先生も発狂しそうになったというのは海の底から鮫がスーと上昇して来て足の裏を押し上げたからだ。「いよいよ駄目です。鮫が足を狙ってます」と、さすがの高山先生も半泣きになって告げると、下士官に、「よく見ろ、船底の破れ目から浮かんできた仏様だ」と叱られ、確かめて見れば水ぶくれになって浮上してきた将兵の死体だったという。

結局、二十三歳の頃の思い出といえば、おじん族はこういう昔話になってしまうわけだが、こんな事、今の若い層に語ったたって絵空事にしか感じないだろうけど、私達はほんの三年か五年、年齢の差があるだけでこんな凄い二十三歳の青春を持った人もいるんだなと、やっぱり一つの感動がこみ上げて来る。結局、半死半生のままで救援に来た味方の駆逐艦に高山先生は助けられたわけだが、もう駄目だと感じた時、人間、どんな感慨が胸にくるかと聞いてみると、結局、あれを喰って死にたい、とか、あの女ともう一度、やりたいとか浅ましいけれど食欲と性欲の事しか思い浮かばなかったという。何よりも二十三歳の若さで海の藻屑と消える自分が不憫《ふびん》でならなかった、という所まではよかったのだが、この先生、このあたりから涙声になってしまって、あの時を思い出そう、皆んなで「海行かば」を合唱してこの「駑馬の会」をお開きにしようじゃないか、と、いい出すのだ。

私はかつての剣友と立って合唱はしたものの、冗談じゃない、もう駑馬にされてたまるものか、と思った。「海行かば」を歌いながら私は羽生名人vs.行方四段の竜王挑戦者決定戦の事ばかり考えていた。

どうしてもまだ駑馬にされたくない。だから念じるように私は麒麟の事ばかり気にしようとしていたのだ。

第17話　養老酒場　　六十七歳——平成十年

その酒場は商店街より少し離れた暗い道路に面してぽつんと建っていた。病院裏のわびしい一角に建つ小さな酒場で、最初、この酒場を発見した時はこんな薄暗い場所に建つ暗い酒場などこれでも商売になるのかと不思議に思ったものだ。しかし、一度、入ってみてから私はすっかりこの裏町酒場が気に入って、眠られぬ夜などパジャマの上にガウンを引っかけて飲みに通うようになった。何しろ我が家から歩いてほんの数分の距離にあるのだから寝間着姿で出かけられるのである。

この酒場は何の変哲もない造りで、ボックス席が二つと五人も坐れば一杯になるカウンターがあり、店内に花もなければ絵の飾りもつけない何とも殺風景な店なのである。

初老のママが一人で経営しているのだが、客の来ない夜はママはスタンドに腰をかけて一人でトランプ占いをやっている。そのトランプ占いに興じているママの風貌は私が青春期にフランス映画で観た外人部隊の酒場のママ、フランソワーズ・ロゼーそっくりで、妙にノスタルジィを感じてしまうのだ。

このママはもう七十歳を過ぎていると思われるが、昔は銀座で酒場を経営していた時代があったそうである。

その故で、昔の銀座をママに語らせると実にくわしく、私はこれでまたかつての懐かしい銀座を思い出し、郷愁の思いにかられる事になる。

この酒場の常連客と私も次第に親しくなったが、彼等は皆、この界隈に住む人で、ほとんどが六十を過ぎた老人で、若い客はあまりこの店には寄りつかないそうである。旧式のカラオケがあるにはあるのだが、唄うのはおじんばかりであるからほとんどは懐メロのリクエストばかりで特に軍歌が好かれるようであった。

定年退職後の元大学教授が銀座時代からママのファンだといって遠方から出かけて来る事もあった。私が最初、ママを見た時フランソワーズ・ロゼーに似ていると思ったというと、いや、僕はマレーネ・デートリッヒだと感じた、と彼はいった。そんな往年の名女優の名を語り合えるというだけでもお互いにおじんを感じるのだが、それが自分達にとって甘いノスタルジアとなって妙に胸がうずくのである。

常連客の中には大工の棟梁もいたし、葬儀屋の社長もいた。駅前の商店街で乾物屋をやっている旦那もいるし、下駄屋の御隠居だという老人も来ていた。そして、軍歌など唄いながら東海林太郎《しょうじたろう》の「国境の町」は、あれ、満州事変の時代だっけ、支那事変の頃の歌だっけ、と語り合っているのである。

彼等の息子や息子の嫁達は駅前の明るいスナックでカラオケに興じ、親父の方はこの暗い酒場で軍歌や懐メロを楽しみ、今の若い連中の歌はさっぱりわけがわからんと若い層の精神のあり方をけなし続けるのだが、この酒場はその意味でおじんのひがみ酒場といえなくもない。

やたらに文学好きの老人がいて、昔の左翼作家についてくわしいのもいるし、政治的になっている老人もいる。映画好きなのもいて原節子《はらせつこ》は如何に素晴らしい女優であったかを涙声で語り出す老人もいた。

私も何時の間にかこの養老酒場がすっかり気に入って常連客の仲間入りをしてしまったのだが、今の若者にはついていけぬ人間となってしまった事を自分で認めているのだろう。

若い者は若い者同士でなければ駄目だし、老人は老人同士でなければ駄目だという事を最近になって思い知った感じなのである。

この酒場には老人用の娯楽施設という意味か、折畳み式の碁盤と将棋盤が用意されてあって、片隅のボックスで酒を飲みながら対局している老人客を見受ける事がある。客の中にはアマの六段という囲碁の達人がいてこの店の碁好きには気軽に指導に応じていた。私もこの元教授に囲碁の指導を受け、そのお返しに将棋の手ほどきをした事もあった。

一度、この酒場へ私の関係している出版社の社長を連れて来た事があった。彼には時々、銀座の酒場で御馳走になっているし、世の中には人生的に何となく落ち着きを感じさせる店があるものだとこの安酒場を紹介したのだが、この七十二歳の社長はすっかりこの店が気に入ったようで、それからも私の家に寄る度に必ずジジババ酒場へ行こうと私を誘うのである。

最初、来た夜に酒場のママが少女時代、ヒットラー・ユーゲントが来日した時の少女達の感激の様子を語ったので、社長はそれに感動したようである。ヒットラー・ユーゲントというのはナチス時代のいわばボーイスカウトの一隊だが、こんな戦前の懐かしい話など銀座の酒場では到底、聞く事はできないといって感動するのだ。

ママの親父さんは昔三菱重工に勤務していてゼロ戦（零式艦上戦闘機）の試作に関与した人間というのにも彼は感動して、お得意のカラオケでは「加藤隼《はやぶさ》戦闘隊」を胸を張って唄いまくるのである。

他の老人客が最近、人間ドックへ入ってその診断書を持ってママに相談に来ているというのも面白いと社長はいった。

「こんなに血圧が高いのなら、もうお酒は控えなきゃ駄目よ。日本酒はやめましょう。これからは薄めの水割り、二杯位を限度にしなきゃ駄目よ」

また、六十八歳の老人客が来月からトレパンをはいて朝ジョギングを始める、といい出すと、ハゲ頭のいい年こいてそんなみっともない真似はおよしなさい、とママは意見するのだ。

「ジョギングしてまでそんな長生きを願うなんて浅ましいじゃありませんか。もうすぐ七十歳なんでしょう。そこまで生きられたら充分よ。これからは何事も欲せず、人との和だけを図って、椅子に坐って読書を楽しむという生活に入りゃいいのよ。年をとればあきらめの心境が大事なのよ。そして、自然の法理に従って静かに死んでいくという事を考えるべきだわ」

ママの説法には何やら高僧のような真理が含まれているようで、それがママの人間的魅力になっているようである。

「バイアグラまで使ってあなた、まだ女とやりたいの」

私は最近、バイアグラを使って若い娘を相手にしている、と自慢して、ママに叱られた事がある。

「これまで随分と女とやってきたんでしょう。もう立ちもしないのにクスリの力を借りて若い娘とやるなんて浅まし過ぎるわよ。そんな事して何のプラスになるの。いい加減に情事はあきらめなきゃ駄目よ」

ところが年をとるという事はおじん臭くなる事ではなく、一物は立たないけれど青年以上に青年になってしまう場合もある、と私はママにいった。私はこの若かりし頃はさぞやマレーネ・デートリッヒとかフランソワーズ・ロゼーとかに似ていたと思われるこの酒場のママを恋愛的眼で見るようになってきた。

或る夜、私はいい年こいてと思われたかも知れないけれど、思い切ってママを口説き出した。ママは急に若返ったような潤んだ眼差しを私に向けていった。

「いい年こいてとおっしゃるけれど、年をとればとる程、男も女もロマンチックになるものよ。若い頃の恋なんて現実的でロマンの匂いなど微塵もないわ。恐らく先生は立たないと思うし、私も濡れないと思うけれど、そんな事どうだっていいわね。そうなってこそ、本当の恋が成立する。私はそう思うわ」

そんな風に私を慰めてくれていたママがこの秋にひっそり死んだ。以前から自分が癌に罹《かか》っていた事は知っていたらしい。

我々が養老酒場と呼んでいた店は若者向けのスナックに変貌した。我々老人族はその酒場からはすっかり撤退して時々、振り返って懐かしく見つめる事がある。店はけばけばしいクリスマスの飾りをつけ終えて、もうジングルベルをかき鳴らしていた。

第18話　透析拒否

七十五歳――平成十八年

「団鬼六、透析拒否」の見出しで、夕刊フジの一面に私の顔がデカデカと派手に載せられたときは、自分でも驚きました。

また、その新聞記事を見た私の仲間たちからお悔やみともお見舞いともつかぬ電話が殺到し、面喰らっているのですが、単に病院嫌いの私が、こちらから病院と縁を切っただけの話で、何も大仰に新聞で騒ぎ立てることはないのです。

今年の春あたりから腎機能の指数である血清クレアチニン値が急激に上昇し、限度ギリギリの八（ミリグラム／dℓ）を超えて九近くになり、係の医師から至急、人工透析にかかりましょう、と透析を宣告され、私がそれを断固拒否したというだけの話。

つまり私は医師からは人工透析以外、命は助けられませんよ、と、いわれたのです。腎機能の指数、クレアチニン値は一・〇程度以下が正常値であるのに、それが八を超えているということは私の腎機能は完全に停止している状態であり、現在、こうして平気で生きているのが不思議だと医師はいうのでした。

腎不全の末期的症状としての尿毒症にかかると医学界では救命方法のない病態と決めつけられてきましたが、

「透析療法が出現したおかげで、患者の生活は一変した」

と、医師たちは口を揃えて私に説明するのです。

それを断固拒否する私の理由は大体、次のようなものでした。

「人工透析というたら、週三回病院に通って一回に四時間もかけて身体から血を抜きとって入れ替えするんでしょう。透析を始めたら、一生続けないかんそうで、何や、人造人間に改造されるみたいで僕、そんなの嫌です」

そんなの嫌です、といっても私の担当医師は、あなた、透析しなけりゃ死にます、とこわい顔つきになって私にいいました。

私にはこの担当医師が急に吸血鬼の本性を現したような恐怖を感じました。

僕はもともと快楽人間なんですからそんな制約のついた生き方はとてもできない、といって自分の方から病院に縁切りを申し出て、病院からスタコラ逃げ出したのです。

僕は今年でもう七十五歳、ここまできて透析にまですがって延命策を計りたくない、というのが私の偽らざる心情でした。

医師と縁を切って新宿の酒場などで自棄になって飲みながら、透析を奨める医師なんか吸血鬼ドラキュラだと病院の悪口をいったのがマスコミに嗅ぎつけられただけの話で、透析拒否が鬼六流美学などと大きく扱われ、週刊誌や新聞というものはなんて大袈裟なんだろうと私としても甚だ迷惑でした。


もともと私に腎不全の兆候が現れ出したのは二年ばかり前になります。去年まではさすがに気になって一週間ばかり都内の病院に検査入院したことがありました。

病院だから当然、酒、煙草は一切禁止、食事制限で連日、塩気のまるでない、まずいものばかり喰わされましたが、三日目にケツをまくり、病院を抜け出して銀座のクラブへ遊びに行きました。

ひいきにしていたホステスを集めて病院内の味気なさを語り、ア〜コリャコリャ、とやっていると、向こう側のボックスに陣取った客がしきりに私の方をジロジロ見つめているのが気になりました。

何だ、こいつ、とこっちも睨み返して、ハッと気づいたんですが、私が入院中の病

院で私を担当している医師でした。私はうろたえてすぐにホステスに頼んで医師連中の席にボトルを一本差し入れ、

「妙な所でお逢いしましたね」

と、照れ笑いしながら挨拶に出向くと、

「入院中の患者とこういう席でお逢いしたのはこれが初めてです」

と、医師も仕方なさそうに苦笑いしていました。

それ以上、長くクラブで遊ぶわけにもいかないので、まもなく切り上げて病院へ逃げ帰ったのですが、それから要注意人物として病院側からの私に対する監視の眼が厳しくなりました。

検査入院の結果、クレアチニン値が低くなるどころか逆に高くなって病院を出るはめになりました。その一週間の入院生活を自分で見ても感じることなんですが、生来、快楽主義にできている私には、型にはまった生活はどうも無理なようです。

快楽主義というのは裏を返せば楽天主義であるわけで、もう腎臓病であろうが腎不全であろうが、自分の意思で治す気がないのなら、運命に任すより仕方がないと思うようになりました。

それで担当の医師から「透析しなけりゃ命が持たない」といわれたときだって、そんな制約を受けたような生き方だけはしたくない、と、医師に突っ張ったようないい方しかできないのです。

尿毒素が体中に廻ると頭がおかしくなり、呼吸困難に陥って無様な死に方になると医師はおどすんですが、私は、「我に自由を、然《しか》らずんば死を」などといってひるみませんでした。

私の「透析拒否」の新聞記事を見た病院の院長から、私はすぐに呼び出しをくらいました。腎臓の専門医が何人か集まって私の透析拒否の心得違いをゆっくり時間をかけて諭そうという狙いであったようです。

現在の医学では、末期的腎不全患者には人工透析以外に救う方法はないと医師はくり返し説明すると、腎臓病患者の私に現在の自覚症状についてたずねてきました。

「朝から身体がだるく、疲労が蓄積した感じで眼がかすみ、思考がぼやけて何をするのも面倒くさい感じ——」

と、ありのままを医師に伝えると、彼らは当然のことのようにうなずき合い、

「それに対し、あくまでも透析を拒否する貴殿は、その処置をご自分ではいかにされ

ているんですか」と、私にたずねてきましたから、腎臓病には西瓜《すいか》がいいと女房に聞いてこの夏から西瓜を喰い続けている、というと医師たちは笑い出すのです。

　末期的腎不全患者に西瓜など屁のつっぱりにもならないどころか危険、と医師のいわんとすることはわかっていましたから、

「それともう一つ、フランスにいる友人の奨めで、ルルドの洞窟の水をくんで送ってもらっている」

　というと、医師連中はさらにあきれたような顔つきになりました。

「ルルドの水をねえ」

　院長は哀れむべく眼差《まなざ》しを私の方に向けました。

　ルルドというのは南フランスのピレネー山脈の山麓にある町で、昔、ここに聖女マリアが出現し、マリアのお告げによって洞窟の中を掘ると泉が出現し、この泉の水を飲んだ病人の病気が奇跡的に治ることとなり、毎年五百万人以上の巡礼者がここを訪れて泉の水をいただくといわれています。

　弘法大師にいわれた地面を掘ったら温泉が湧いたという話は日本にもよくある話ですが、フランスからこのルルドの水を送ってもらっている、というだけでも笑っていた医師たちは、そのルルドの水でウイスキーを薄め、つまり、水割りを作って毎晩飲

んでいると私から聞かされたときはさすがに怒ったらしく、ものをいわなくなりました。

もう、処置なし、と病院側も私に対してはサジを投げたのでしょう。それからはうるさく私に指示はしなくなりました。

何も私は面白がって医者に反発しているんじゃないのです。

酒も駄目、煙草も駄目、辛いもの甘いものも駄目、の生活に到底ついていけないだけの話で、そんな禁欲生活で百歳まで生きる馬鹿もいる、というのが私には理解できない事でした。

私は子供の頃から平凡主義、快楽主義であったらしく、世の中は快楽さえ追求していけばそれでいいと思っていました。

平凡なる現象を追って盲目的な力に屈従していけばいいと思っていました。

また、快楽というものは人間にとって一種の激情であって、激情のない人生なんて考えられません。

一日おきに四時間の透析を行うなんてそこまでして生き続けたいとは思いません。

そして死ぬまで酒と煙草、それに女はやめない、というのが快楽主義者である私の主義なんです。

兼好法師は、「四十に足らぬほどにて死なんこそ、めやすかるべけれ」といいました。それから見ると私は三十年も多く人生を生きてきたことになります。

しかし、私の精神年齢というのは四十歳、いや、もっと下の三十歳、いや、まだ精神年齢が二十代から抜け切れていないのではないかと思うことすらあります。

というのは考え方がその頃と全く変わっていないということ、要するに思考力が幼稚なのかも知れません。

気持ちが若いということは自慢できないことはないのですが、自分の方は年齢のことなど一向にかまわないつもりでも年齢の方が私をかまい出して困ります。

それに最近、頻繁に中学、高校、大学時代の同窓会が開かれるようになり、あれは年をとってくると昔の仲間の元気な顔が見られるという一種の老人病になった幹事の音頭によるものですが、どうもあの同窓会というのは好きになれないのです。

かつては潑剌《はつらつ》としていた友人たちの老醜無残に成り果てた顔を見たくはないのです。

自分の方だって相当老醜化しているのですが、それは考えたくない。

私の大学の同期に俳優の高島忠夫《たかしまただお》がいるのですが、同窓会に行って老け込んだ仲間の顔を見ると、

「俺もああなっているのかと思ってぞっとする」

といってました。

しかし、かつて美男スターであった彼にも相当老醜の翳《かげ》りが忍び寄っています。

私の身体はガタがきているのは確かなんですが、気持ちだけはどういうわけか年をとれないんです。

それは私が若い頃から楽天家で快楽中心主義の人間だった故かも知れません。

快楽主義で世を過ごして来た人間は気持ちだけは老け込まないのです。

第19話　瘋癲《ふうてん》老人

七十九歳――平成二十二年

別に自慢するわけではないが、私は身体障害者一級を獲得しているのである。この障害者手帳を提示すれば、新幹線だって、飛行機だってかなりの割引料金で利用できるし、タクシーなら月三万円くらいの無料切符が配布されるので、老人としてはその便利さ加減に喜んでいる。

これで、キャバクラとか、ソープランドまでが割引きという事になると、真に喜ばしいのだが、それには身体障害者一級も通用しないそうで、そんな事に文句は言えないだろう。

私は慢性腎不全患者であって、人工透析を行っているから、特定疾病療養制度の適用を受けて、身体障害者一級の資格を頂戴する事になったのだ。この障害者資格を取るまでに私は精神的にも肉体的にも苦しみ抜いたのである。

透析を導入する前、私は病院との間で絶えず悶着を繰り返していた。病院としては一刻も早く私に透析を施そうとするのだが、私は透析されるくらいなら、死んだ方がましだ、と、断固、透析を拒否し続けたのである。

（人工透析というものは病院側に体内の血を抜き取られ、抜き取った血を濾過されてまた体内に戻されるという作業によって無理矢理生命を維持させようとするもの。ロボット化されてまで生き続けようとは思わない）

というのが私の理屈であった。

そして、当時の私は透析してまで生き続けたいとは思わぬ、と透析拒否を宣言し、芸能新聞やら週刊誌などに大きく取り扱ってもらった。当時といっても四年ばかり前で、私が七十五歳の時だ。いわば七十五歳の抵抗である。

七十五歳といえば私の父が死んだ年だった。私も充分に生きたんだから親父以上、長生きする必要があるとは思えない。

透析というものが何とおぞましいものであるか、という事を透析を知らない人の為に記しておく。

とにかく透析を始めるという事は一生涯、病院に束縛されるという事である。雨が降ろうが風が吹こうが週三回、つまり、二日に一度ずつ病院に通って畳針みたいな長い針を二本、血管に突き通され、五十リットルにも及ぶ大量の血を抜き取られ、機械で濾過されて再び、体内に還元するという作業の繰り返しだ。

指定の病院に通って四時間の透析を受けるため、患者はベッドにつなぎ留められるのである。そんな事をしてまで何とか生き続けようとしている透析患者を私は最初、哀れにも思った。それなのに何故、透析を受け入れる事になったのか、というと、話せば長い話になるのだが、ある病院の院長の説得によるものである。

「あなたの身体ですが、レントゲンで調べたところ、腎臓ははっきりいって完全に死んでますが、肝臓、胃、それに心臓などは生き生きとして働いているのです。まだ、あなたを闇の世界に入れまいと必死に頑張っているのですね」

あなたをまだ仏様にしたくないと頑張り続けている胃や肺や心臓たちが可愛いとは思いませんか、と院長はいって、しかし、腎臓一個のために全部を犠牲にして、死の世界に旅立つというのも本人の意志がそうなら仕方のないことですが、と、院長は哀れっぽい眼差しを私に向けていうのだった。

腎臓以外、五臓六腑は健在であるのに死滅した一臓だけに義理立てして他の臓器を全部犠牲にするのは惜しまれる。結果的にはそんな単純な理由で、そのクリニックに入院し、透析導入をするための準備に入ったのだが、院長の禅師的なオーラに巻き込まれてしまったのが原因になっている。

入院して間もなく腕の動脈と静脈を結ぶシャントの手術を終えて、透析を導入し、何とか、生き永らえる事に成功した。

透析に踏み切ったのは七十六歳の時、現在私は七十九歳になるのだから、早いもので透析生活、もう三年になるわけだ。

透析を始めて三年が経ち、すっかり健康を取り戻すと、あれ程、死にたがっていたのが嘘のようにかき消えて、命の大切さを思い知るようになって来た。週三回は病院に通って、血液の入れ替えを計るわけだから、透析のある日は心身ともにぐったり疲れて一日中、為す術がないが、次の一日は健康を取り戻して元気になる。つまり、普通の人間の半分しか生きられないのだが、その半分の人生を大切に保存しようという考えになった。以前は仕事するより、遊びを優先したのだが、最近では遊ぶ閑があったら仕事の方を優先するという考えになるなど、自分でも自分の豹変ぶりに驚いている。

というのもようやく自分の老齢さ加減に気付き、余命いくばくもなし、という事を思い知ったからかもしれない。週に三日、病院に拘束され、針の責苦を受ける事も大して気にならなくなり、これも人生だと諦めの心境に達した時、次に病院の健診によって私の身体にガンが発見された。腎不全となって死ぬ覚悟を決めたのは七十五歳の時、仲間や医師たちの説得によって、止むを得ず透析を導入し、三年間、無事生き永らえた人間に、やっぱりお前は死んだ方がいいと今度はガンという鉄槌を下してくる天は何という残酷な真似をしてくるのかと腹も立って来た。

四年前ならともかく、生命の大切さを痛感するようになった今、そう簡単に死んでたまるか、という気持ちだった。私の場合は食道ガンであって、肋骨を切開して食道を切除し、胃腸に直接、連結するという七時間に及ぶ大手術を受けなければならない。自分の老化した肉体ではそれに耐え切る体力がないと医師に相談して、放射線治療に切り替えてもらう事にした。

放射線治療というのは五年生存率が二十パーセントと極めて低いが、老齢者なんだから贅沢はいえない。大学病院の放射線科に通って治療を受け、その帰りに透析クリニックで人工透析を受ける、という生活が二カ月くらい続いた。この二つの治療をサボったりすると、忽《たちま》ち私の生命に危機が生じるのだから仕方がない。

しかし、こんな生き方をしていると、仕事するために生きているのではなく、死なないために生きているようで何か空しさのようなものを感じるのは確かだ。

それでも、放射線のおかげで、ガンの腫瘍がかなり縮小したようである。ガンに関しては今のところ小康状態に入ったとほっとしているところだ。

現在、医師から、ガン細胞が見つかってから特に厳しく禁酒、禁煙を言い渡され、私も止むを得ずそれを守っているが、以前なら、酒も飲まず、煙草も吸わず、女ともやらず、それで百まで生きた馬鹿もいる、と、律儀な人間を小馬鹿にしていた私なのに自分がそういう真面目人間になる気なのか、と、うんざりした気持ちになる事がある。もう、充分生きたではないか、それなのに何故、まだ、病院に自由を拘束されながら、生き続ける事を願うのか、という疑問も当然、生じてくる。その答えを一口にいうと、この世の快楽にまだ未練があるから、という事になる。といっても、私は八十歳に近い老人である。如何なる願望も老年という時間の重たさを考えると断念せざるを得ないだろう。今、一度、恋愛の恍惚に浸りたいと思っても事実上不可能な事だ。まして我がマラは完全に萎縮してインポ老人だぞ、文句あるか、と、週に三回通っている透析病院の看護婦達にも告白しているんだから、不良老人と見て、若い看護婦など気味悪がって近づこうとはしない。

老人というものは人生に対しても一種のあきらめを持たねばならないもので、自然の摂理に従って静かに滅んでいくのを楽しむ心境にならねばならぬという事は自分だってよくわかっている。私の仲間で古稀を通り越した人間は何人かいるが、そして、彼等は老人としての分別を充分心得ているが、どうも私はそんな風に人生を達観するような気持ちにはなれない。つまり、花鳥風月を楽しむ老人の域には到達出来そうでないという事だ。

恋愛の恍惚に今一度、浸りたいという願望について、あなたは事実上不可能であると妻にも言われているが、そんな事は人に言われなくたって自分でもよくわかっているのだ。ただ女を愛するという気持ちだけは、いや、女を愛すなんて恰好をつけたい方ではなく、単に女好き、というか、いや、色好み、助平さ加減というか、これだけは喜寿を通り越したおじんになってもインポじじいと蔑まれても変わりようがないという事を、私は言いたいのである。

やっと女というものの良さ悪さがわかってきた時、また、人生の快味がわかりかけて来た頃、こちらは男としての賞味期限がとっくに切れて、老朽物質化して潑剌とした緑色の世界からはみ出したところに立っている……こんな哀しさは八十近いおじんになってみなきゃ、わかるまい。しかし、老人になったとはいえ、私のように悟り切れない人間は色々なところに惑わしいところが出現して、チャンスがあればすぐに若い女性に近づこうとし、その点では二十代の若い青年と何の変わりもないところがある。

喜寿を通り越し、これまで自分が嫌になる程、官能小説を書きなぐって来た私が、今になってこんな事をいうと、人に笑われそうだが、未だに女性の正体というものがはっきりわからないのだ。いい換えれば女性によって真の快楽を得たという経験がないという事になる。永遠の女性とは空想の中だけに存在するものだと思っていた。いや、女性だけではなく、人生そのものがろくにわかっちゃいないのに何十年も小説を書き続けて来たおぞましさを今になって感じる事がある。

今まで遊び呆けていた事を反省し、これから人生を勉強し直して、新たな執筆に専念しようと思う時、腎不全とか、ガン細胞とか、死の恐怖に襲われるなど、人生の皮肉を感じるのである。死というものはこれから新たに生きようとする人間の意志を無視して落ちかかってくるものだという事を今更、感じるのだが、そう簡単に死ぬものか、と最近の私は開き直りを見せている。その齢で、と笑われそうだが、まだ、やらねばならぬ事、書かねばならぬ事がこの世にたっぷり残されていると思うからだ。

平成 22 年、本書単行本版刊行当時の著者。
傘寿を目前にして、ますます執筆に意欲を燃やした

あとがき

団　鬼六

　私にとって官能小説が本妻なら、自伝、エッセイは愛人のようなものだと思っている。この両輪がないと私の文筆生活は成り立たないと思っていた。しかし、平成期に入って還暦を迎えた頃、私は官能小説に断筆宣言して専ら週刊誌にエッセイのみ書くようになった。

　老朽物質となり、勃起不全となってまだ官能小説を書くのはおかしい、というのが私の断筆した理由だった。しかし、勃起不全であっても、濃密な官能描写がなくても、官能小説が成り立つ事を発見し、平成七、八年あたりから「不貞の季節」「美少年」（新潮社）に見られるように、私は官能小説における新手法によって断筆時代から復帰したつもりになっている。

それはともかくとして、今回、編集部から受けた注文は、過去に書いたエッセイの中から自選で収録した一冊が欲しいという事である。

私はこれまで『生きかた下手』（文藝春秋）、『一期は夢よ、ただ狂え』（マガジンハウス）、『怪老の鱗』（光文社）、『色欲是空』（徳間書店）、『アナコンダ』（幻冬舎）等、膨大な数のエッセイを書き、それを書籍にしてもらったように思うが、「週刊宝石」とか、「週刊アサヒ芸能」などに連載したものをまとめたものである。混乱した世界に生きる哀しさや面白さを、ユーモアを基調にして軽く描くというのが私の流儀であった。今回、編集部の意向は私の少年期から老年期に至る現在まで、つまり、昭和初期から平成までを時代と共に振り返るような作品を選んで欲しいという事であった。

今年は終戦後六十五年というが、私は昭和二十年の春、勤労動員で尼崎の軍需工場へ狩り出され、米軍の捕虜と一緒に働かされた記憶がある。中学二年の頃だったが、それをエッセイに書いたのは四十代の頃、私の趣味の一つである将棋の雑誌に発表したものだ。その戦中の中学時代の「ジャパニーズ・チェス」にせよ、戦後の混乱期、大学時代の「ショパンの調べ」にせよ、「除夜の鐘」にせよ、私にとって懐かしいエッセイは一般商業娯楽雑誌ではなくほとんど当時の将棋、囲碁雑誌に掲載されたものである。私の四十代から五十代にかけての作品で、今、読み返してみても懐かしく、それに妙に脂が乗っていたような気もするのだ。

といっても、官能作家の書くものだから、どことなくいい加減な所もあるし、曖昧な所もあるようだが、大体、エッセイというものは人生とか、真理を追究するものではないと思っている。また、文学でも大衆文学でもない。読者の人生に対する好奇心をくすぐるのが目的だけの単なる娯楽感想文だと思っている。

解説　楽しき哉、人生

黒岩由起子
（団鬼六秘書／長女）

編集者がこのエッセイ集のタイトル案をもって我が家を訪れたのは二〇一〇年の秋、父が亡くなる半年ほど前のことである。三案ほど机の上に並べて、実は社内ではこれが良いという意見が多くありまして、と申し訳なさそうに「死んでたまるか」と書いてある一枚を父の前に差し出した。透析患者の上に、がん患者でもある父にこのタイトルを出版社の方から提示するのは勇気のいったことかもしれない。もう十年以上前のことなので他の二つのタイトル案は忘れてしまったが、父は初めそれを見て可もなく不可もなし、という面持ちで眺めていた。しかし、私はこのタイトルに猛反対だった。ちょうどその頃、一度は放射線治療で縮小していたがん細胞が再び活発化してきて、じわじわと死が忍び寄ってきていたのである。父の秘書を務めながら何とかその命を救おうと、東に名医がいると聞けば飛んで話を聴きに行き、西に妙薬があると聞けば大枚はたいて仕入れてくる。一分一秒たりとも父の病気のことが頭から離れなかった。

「私は嫌だよ、どうせ死んじゃうのにこのタイトルの本だけがこの世に残るなんてたまらない」

余命幾ばくもない親に面と向かって、どうせ死んじゃう、とはさすがに口が滑ったとは思ったが、本人も「死んでたまるか」と頑張っていたのにそれを救うことができなかったら、この本が店頭に並んでいるのを見るたびに私はきっと悔恨の念で打ちひしがれるに違いない、そんなことを泣き出さんばかりに訴えた。そう、私は父を「死なせてたまるか」と必死だったのだ。

私の剣幕に父は一瞬たじろいだが、咳ばらいを一つして、「お前ね、親の命を長らえようとすることが親孝行と思っちゃいけない」と静かにいった。

父娘のやりとりをおろおろと横で見ていた編集者は、ひきつった笑いを浮かべながら、今日お返事をいただかなくても結構ですので……と席を立とうとした。すると父はいや、待て、と編集者を制し、「よっしゃ！　このタイトルにしよ！」と膝を一つたたいたのである。ついては、もうこれが最後だと思うから、銀座のキャバレーで大きな出版パーティをしよう、決起会みたいでいいタイトルやないか、と腕を組んだ。編集者は大きく頷き、是非やりましょう！　といって喜んで帰っていった。そして、編集者が帰った後、

「きっと俺がいつまで生きるか社内で賭けとるんやないか、これからが勝負やで」と不敵な笑みを浮かべて私の頭をポンと軽くたたいた。

ＳＭの巨匠、最後の文豪、無頼派作家、文学界の異端児。父を称する呼び方はいくつかあるが、その下に団鬼六といういかつい名前が並ぶと多くの人は恐れて避けて通りたくなるだろう。しかし、すでにエッセイを読めばお分かりいただけたかと思うが、その恐ろしい名前とは裏腹に、本来の父はユーモアに溢れ、人間をこよなく愛し、家族を慈しむ良き人であった。今思い起こしても、この「鬼」の回りにはいつも多種多様の人種が入り乱れ、笑いの中に酒を酌みかわし、どんちゃん騒ぎをしていた姿がまっさきに思い出される。

そんな父も初めは黒岩松次郎という名で純文学作家としてデビューしている。しかし、精魂注ぎ込んで書いた純文学は泣かず飛ばずで、遊び半分の気持ちで花巻京太郎名義で書いたＳＭ小説が面白いほどに売れた。人生の皮肉さを感じながらも、よし、今日から俺は「鬼」になった気持ちで書いて書いて書きまくってやる、純文学なんぞ

に未練を持たぬ、と生まれたばかりの兄を背負いながら三浦三崎の海で決意したという。ちょうど「出舟の港」「悪ガキ共」の時代である。当時はSM小説を書いているなどと言えば世間から白い目で見られ、親戚中に顔向けできないような時代だった。ましてや父の母はかの国木田独歩の長男に嫁ぎ、離縁してからしばらくは直木三十五の弟子として文学を志していた。家族思いの父としては我が身を不甲斐ないと思ったに違いない。そんな思いを断ち切っての出発だった。以来、団鬼六の名前を変えることはなかった。後年、ある文芸誌に団鬼六というのでは、いかにもあの筋の方だから、ペンネームを替えて寄稿してほしい、という依頼があったが、「ペンネームを替えてまで書く気がおきまへん、ご免こうむります」と一蹴したそうだ。ところが時代が変わってきた。世の中では若い女性が、ドM、ドSなどと口に出し、女性誌では官能特集が組まれる、文芸誌だってエロスを特集すれば完売するという時代になった。団鬼六の名前が店頭に並ぶ一流文芸誌に見られるようになったのは父が六十歳を過ぎてからのことである。

私が女子中学生くらいになると父がどのような小説を書いているか感づいてはいたが、父は年頃の娘にはよろしくないと思ったのか、床に散乱しているSM雑誌などをあたふたと隠しだし、代わりにエッセイを引っ張りだして、文章とはこのように書くものだ、といって好んで読ませた。私は父のエッセイのファンである。ユーモアがあって飾り気がない。説教じみた言葉や下手な蘊蓄《うんちく》もない。そこにはただ人間の愚かさや滑稽さ、人生のペーソスが美しくも切なく感じられ、読んだ後にプッと吹き出したり、ホロリとしたり。いつの時代にも変わらない人の情というものがあり、いい落語を聞かされたような満足感があった。読まれた方にはこんな奇抜な経験なかなかあるものじゃないと思われる方もいるかもしれないが、多少の脚色があってもすべて事実である。なぜこのようなことが父の周りに起こるのか、それはやはり父の気質によるものだろう。悪いことは言わないが、あの人には近寄らない方がいいよ、と言われても、そんなことは損するからお止めなさい、と言われても全く意に介さない。ピンチの中に宝はあるのだと言わんばかりにあえてその中へ飛び込んでいった。自ら立ち上げたピンクプロダクションを三年で倒産させたときも、横浜の高台に三億にも及ぶSM御殿を建築したものの五年で競売にかけられたときでも、父はただ一言「やってしもうたぁ」だけである。まとまった金銭が入ると何かして失敗するの繰り返しで家族は大いに振り回された。しかし不思議なことにうちには悲壮感がまるでなかった。不謹慎と言われるかもしれないが、父はそんな現状を楽しんでいたように思えてならない。上り調子の時にはSの気持ちで狂喜し、落ちぶれた時にはMの心境になってそれを楽しむ。それは晩年の度重なる病気においても、人に対しても同じだった。人から疎んじられる人もこいつのこんなところが人間として面白いとあえてうちに呼び寄せたりする。結果騙されたりすることも数多くあったのだが、同時に助けられたりもしている。どんな時でもそこに何らかの楽しみや悦びを見つけることを無意識のうちにやってのける。ちょうど「ジャパニーズ・チェス」の中で瓦礫《がれき》の中に一際輝く将棋盤を見つけたように、どんなにどん底の人生、ダメな人間にもキラリと輝く玩具を見出すのが上手い人だった。

破天荒の父のもとで育った私は自分で言うのもなんだが、いたってまじめで平凡な人間である。父を反面教師として、石橋を叩いても渡らない、損することは大嫌い。そんな市井の人である私に父は、一ついいことを教えてやるよ、と憐れむように言ったことがある。

「世の中そんなに甘くない、ってよくいうやろ？　あれが良くない」と渋い顔をしたのちに悪戯っぽく、ニッと笑ってこういった。「世の中、甘いもんよ」

断っておくが、これは私のようなまじめ人間に対しての父の憐憫の言葉であって万人に通用するものではないと言っておく。現に、父の作品にもなっているが真剣師小池重明*には、今度の駆け落ちは生涯最後のものであって、今度こそ心を入れ替えて人生やり直して見せます、と彼が言ったとき、バカヤロー、世の中そんなに甘いもんじゃない！　と叱っている。いずれにしても人生を楽しむ勇気をもらった言葉として今も記憶に残っている。

二〇一〇年の年末、父は予定通り銀座のキャバレーでこのエッセイ集の出版記念パーティを敢行した。八十人と予想していた参加人数は百三十人を超えていた。自分が幸せを感じるのは人を集めてどんちゃん騒ぎをしている時だ、と父は昔のエッセイに書いていた。自分を慕って集まってくれた人達を目の前にして、死んでたまるか、と思っていたかもしれない。死んでたまるか、だってこの世はこんなに輝いている、おもろいではないか、と。

改めてエッセイ集を読み返してみれば自然に理解できる。父は若いころからどんなどん底の時代にもそこに人生の面白さを見出して希望をつないできたのだ。「死んでたまるか」とは何も生にしがみつこうという末期患者にむけて送られたタイトルではない。今辛い時期を過ごしている人も、一見瓦礫の中と思っていても、目を凝らせばそこにはキラリと輝く美しいものがある、希望がある。それはいつの時代でも同じことでこの世の中捨てたもんじゃない、どんなときも人生を謳歌しようといっているに他ならない。「死んでたまるか」。いいタイトルじゃないか。

読者の中には、もちろんもとから団鬼六を知っていた方もいらっしゃるだろう。死んでたまるか、というインパクトのあるタイトルにひかれて手にした方、変わったペンネームに何だこれは！　と思わず手に取った方もいるかもしれない。その勇気に心より感謝申し上げたい。団鬼六というおどろおどろしい名前にひるむことなく勇気をもって購入を決意した方は私なんかよりもずっと人生を楽しむ素養を兼ね備えているに違いない。どうだろう、今度は是非ＳＭ小説を読んでみては？

二〇二二年　十一月

＊小池重明　アマ強豪棋士。あまりの強さにプロへの編入を期待されたが、その素行の悪さゆえに日本将棋連盟より却下された。一時期、将棋雑誌を発行していた団邸に出入りしていた。

初出一覧

第一部　少年〜青壮年期

第1話　ジャパニーズ・チェス——将棋ジャーナル
第2話　ショパンの調べ——将棋ジャーナル
第3話　情趣について——『鬼六人生三昧』（三一書房）一九九五年六月刊
第4話　除夜の鐘——近代将棋　一九九七年二月号
第5話　くず屋さん——将棋ジャーナル
第6話　頓死——将棋ジャーナル
第7話　出船の港——『鬼六あぶらんだむ』（勁文社）一九八六年一〇月刊
第8話　悪ガキ共——『鬼六将棋三昧』（三一書房）一九八八年五月刊
第9話　マグロの肉——『鬼六将棋三昧』

第二部　中年〜老年期

第10話　思い出のたこ——近代将棋　一九八九年一月号
第11話　年賀状——『鬼六将棋三昧』
第12話　フグの喰べ方教えます——近代将棋　一九九七年一月号
第13話　牡丹——『鬼六人生三昧』
第14話　相撲甚句——『鬼六人生三昧』
第15話　牛丼屋にて——『鬼六人生三昧』
第16話　駑馬の会——近代将棋　一九九四年一一月号
第17話　養老酒場——『果たし合い』（幻冬舎）一九九七年六月刊
第18話　透析拒否——『快楽なくして何が人生』（幻冬舎）二〇〇六年一一月刊
第19話　瘋癲老人——本書書き下ろし

本書は二〇一〇年に講談社より単行本として刊行された
『死んでたまるか　自伝エッセイ』を改題の上、文庫化
したものです。

井上ひさし
ベスト・エッセイ　井上ユリ 編
井上ひさし

むずかしいことをやさしく……幅広い著作活動を続け、多岐にわたるエッセイを残した「言葉の魔術師」井上ひさしの作品を精選して贈る。（佐藤優）

ひと・ヒト・人　井上ひさし　井上ユリ 編

道元・漱石・賢治・菊池寛・司馬遼太郎・松本清張・渥美清・母……敬し、愛した人々とその作品を描きつくしたベスト・エッセイ集。（野田秀樹）

開高健
ベスト・エッセイ　小玉武 編
開高健

文学から食、ヴェトナム戦争まで――おそるべき博覧強記と行動力。「生きて、書いて、ぶつかった」開高健の広大な世界を凝縮したエッセイを精選。

吉行淳之介
ベスト・エッセイ　荻原魚雷 編
吉行淳之介

創作の秘密から、ダンディズムの条件まで。「文学」「男と女」「紳士」「人物」のテーマごとに厳選した、吉行淳之介の入門書にして決定版。（大竹聡）

色川武大・阿佐田哲也
ベスト・エッセイ　大庭萱朗 編
色川武大／阿佐田哲也

二つの名前を持つ作家のベスト。文学論、落語からタモリまでの芸能論、ジャズ、作家たちとの交流も。阿佐田哲也名の博打論も収録。（木村紅美）

殿山泰司
ベスト・エッセイ　大庭萱朗 編
殿山泰司

独自の文体と反骨精神で読者を魅了する性格俳優、故・殿山泰司の自伝エッセイ、撮影日記、ジャズ、政治評。未収録エッセイも多数！（戌井昭人）

田中小実昌
ベスト・エッセイ　大庭萱朗 編
田中小実昌

東大哲学科を中退し、バーテン、香具師などを転々とし、飄々とした作風とミステリー翻訳で知られるコミさんの厳選されたエッセイ集。（片岡義男）

森毅
ベスト・エッセイ　池内紀 編
森毅

まちがったって、完璧じゃなくたって、人生は楽しい。稀代の数学者が放った教育・社会・歴史他様々なジャンルに亘るエッセイを厳選収録！

山口瞳
ベスト・エッセイ　小玉武 編
山口瞳

サラリーマン処世術から飲食、幸福と死まで。――幅広い話題の中に普遍的な人間観察眼が光る山口瞳の豊饒なエッセイ世界を一冊に凝縮した決定版。

同日同刻　山田風太郎

太平洋戦争中、人々は何を考えどう行動していたのか。敵味方の指導者、軍人、兵士、民衆の姿を膨大な資料を基に再現。（高井有一）

兄のトランク　宮沢清六

兄・宮沢賢治の生と死をそのかたわらでみつめ、兄の死後も烈しい空襲や散佚から遺稿類を守りぬいてきた実弟が綴る、初のエッセイ集。

春夏秋冬　料理王国　北大路魯山人

一流の書家、画家、陶芸家にして、希代の美食家でもあった魯山人が、生涯にわたり追い求めて会得した料理と食の奥義を語り尽す。　（山田和）

日本ぶらりぶらり　山下清

坊主頭に半ズボン、リュックを背負い日本各地の旅に出た〝裸の大将〟が見聞きするものは不思議なことばかり。　スケッチ多数。　（壽岳章子）

のんのんばあとオレ　水木しげる

「のんのんばあ」といっしょにお化けや妖怪の住む世界をさまよっていたあの頃――漫画家・水木しげるの、とてもおかしな少年記。　（井村君江）

ねぼけ人生〈新装版〉　水木しげる

戦争で片腕を喪失、紙芝居・貸本漫画の時代と、波瀾万丈の人生を、楽天的に生きぬいてきた水木しげるの、面白くも哀しい半生記。　（呉智英）

老いの生きかた　鶴見俊輔編

限られた時間の中で、いかに充実した人生を過ごすかを探る十八篇の名文。来るべき日にむけて考えるヒントになるエッセイ集。

老人力　赤瀬川原平

20世紀末、日本中を脱力させた名著『老人力』と『老人力②』が、あわせて文庫に！　ぼけ、ヨイヨイ、もうろくに潜むパワーがここに結集する。

東京骨灰紀行　小沢信男

両国、谷中、千住……アスファルトの下、累々と埋もれる無数の骨灰をめぐり、忘れられた江戸・東京の記憶を掘り起こす鎮魂行。　（黒川創）

向田邦子との二十年　久世光彦

あの人は、あり過ぎるくらいあった始末におえない胸の中のものを誰にだって、一言も口にしない人だった。　時を共有した二人の世界。　（新井信）

東海林さだおアンソロジー
人間は哀れである　東海林さだお　平松洋子編

世の中にはびこるズルの壁、はっきりしない往生際……抱腹絶倒のあとに東海林流のペーソスが心に沁みてくる。平松洋子が選ぶ23の傑作エッセイ。

品切れの際はご容赦ください

ちくま文庫

死《し》んでたまるか――団鬼六《だんおにろく》自伝《じでん》エッセイ

二〇二三年一月十日　第一刷発行

著者　団鬼六（だん・おにろく）
発行者　喜入冬子
発行所　株式会社　筑摩書房
東京都台東区蔵前二―五―三　〒一一一―八七五五
電話番号　〇三―五六八七―二六〇一（代表）
装幀者　安野光雅
印刷所　株式会社精興社
製本所　株式会社積信堂

ISBN978-4-480-43857-7 C0195